D·N·A
小侦探

一百年前的外婆

[英]曼蒂·哈特利 著

[英]杰米·马克斯韦尔 绘

李悦琪 译

人民文学出版社 天天出版社

著作权合同登记：图字 01–2022–1927

The Smuggler's Daughter

Text by Dr. Mandy Hartley

Cover design and illustrations by Jamie McKerrow Maxwell

©Copyright Insight & Perspective Ltd 2021.This translation of The DNA Detectives The Smuggler's Daughter 2nd edition is published by arrangement with Insight & Perspective Ltd.

图书在版编目（CIP）数据

一百年前的外婆 / (英) 曼蒂·哈特利著 ; (英) 杰米·马克斯韦尔绘；李悦琪译. -- 北京：天天出版社,2023.10

（DNA小侦探）

ISBN 978–7–5016–2128–6

Ⅰ. ①一… Ⅱ. ①曼… ②杰… ③李… Ⅲ. ①儿童故事－图画故事－英国－现代 Ⅳ. ①I561.85

中国国家版本馆CIP数据核字(2023)第151018号

责任编辑：崔旋子　　　　　　　　美术编辑：邓　茜
责任印制：康远超　张　璞

出版发行：天天出版社有限责任公司
地址：北京市东城区东中街42号　　　　邮编：100027
市场部：010–64169902　　　　　　　传真：010–64169902
网址：http://www.tiantianpublishing.com
邮箱：tiantiancbs@163.com

印刷：三河市春园印刷有限公司　　　　经销：全国新华书店等
开本：880×1230　1/32　　　　　　　　　印张：6
版次：2023 年 10 月北京第 1 版　印次：2023 年 10 月第 1 次印刷
字数：94 千字

书号：978–7–5016–2128–6　　　　　　　定价：32.00 元

前言

我希望你在翻开这本书之前，已经读过了这一系列的第一册《DNA小侦探：拯救小狗米粒》，这样，你就会知道我从小就对科学非常感兴趣，决定在大学里更加系统地学习科学知识，特别是对疾病进行更深入的研究。你还会知道，在我上大学的时候，发生了一件神奇的事情，那个不可思议的瞬间为我照亮了未来事业的道路。那是我第一次在实验室里看到试管中的DNA。在那个瞬间，我知道了自己想要研究DNA，想要把这作为自己的终身事业。我有幸参与了全国各地多家实验室的工作，研究了诸多物种的DNA，涉足了许多不同领域，包括群体遗传学、遗传病研究、亲子鉴定、法医学等。这是一段非凡的经历。现在，我想要通过图书、故事和工作坊，与全世界的孩子们分享自己这一路走来的收获。

很久之前，我便开始在脑海中构思这本书——《DNA

1

小侦探：一百年前的外婆》的故事，现在，在把它诉诸笔端之后，我感觉如释重负！在我很小的时候，父母会带我到康沃尔郡度假。那里蜿蜒曲折的海岸线、金沙覆盖的隐蔽海湾和清澈透明的海水都令我流连忘返。同样让我深深着迷的还有关于康沃尔劫船者的故事。人们传言，在风雨交加的夜晚，劫船者们会利用灯光引诱急于寻找避风港的船只误入歧途，撞上礁石，之后，他们便会将船只上的货物洗劫一空，偷运上岸。小时候，我非常喜欢去海滩上的洞穴里探险，坚信劫船者的秘密隧道就藏身其间。

和妈妈一起为这本书的写作收集资料的过程充满了乐趣。我们前往位于康沃尔郡的马利恩湾，住进了一家小旅馆。据说，这里的地下就有一条直通海滩的秘密隧道，可惜，至今还没有人找到这条隧道。此行，我们还踏上了冈沃洛海滩。据说，这里有一条秘密隧道从洞穴通往附近的一座教堂钟楼，还有一条通道连接着哈泽隆酒店和钓鱼湾——这里就是本地劫船者亨利·卡坦斯的大本营。我们在海滩上寻找着隧道入口，那种感觉就像是回到了童年。当然，我们也知道，隧道入口肯定非常隐蔽，尽管我们四处寻找，但还是一无所获。我们还去了哈泽隆酒店，那里的许多木料都取自本地的沉船残骸，吧台也已经有几百年的历史。工作人员向我们介绍，酒吧里的厚墙背后藏着一条通向地下室的密道，据说，这就是劫船者们使用过的秘密隧道。这些都为我的故事提供了大量灵感，我开始让自己的想象恣意驰骋！

我和妈妈还去了博德明沼泽，探访了著名的牙买加旅馆。这家旅馆建于1750年，最初是一座为旅客提供休憩场所的驿站，后来因劫船历史而为人们所知。留宿期间，我们参观了设在旅馆中的知名博物馆，里面陈列着劫船者们使用的各种工具和物件，包括马灯、钩子、木桶，甚至还有一个有着200年历史的老鼠木乃伊！在后面的故事里，我还会提到其中的一些物品。这间博物馆带给我许多灵感，即使在上床睡觉之后，我还会时不时地起身打开灯，把脑海中涌现出的故事情节记录下来。在被我吵醒了六次之后，妈妈已经对我忍无可忍了！

我把从旅途中得到的所有灵感和思路融合在一起，并在其中加入现代元素，将它们编织成一个完整的故事，讲述主人公们如何利用DNA探索过去的秘密，追溯家族历史，破解眼前的谜案。我非常享受整个收集素材和落笔写作的过程，也希望你可以同样喜欢这个故事。

每一次坐下来开始写作，我仿佛瞬间就回到了童年的假期，这时，我的脸上便会绽开灿烂的笑容。

找一个舒适的地方，和我一起走进这个精彩绝伦、引人入胜、跌宕起伏的故事吧！我希望你会迫切地想要开始探索 DNA 的奥秘，和主人公们一起踏上惊心动魄的旅程，寻找秘密隧道和神秘宝藏，挖掘过去的故事。也许你可以帮助故事里的主人公们想出用 DNA 破解谜案的方法。我希望这本书能够让你爱上科学，就像许多年前我在实验室里第一次看到 DNA 时那样！

目录

第一章

假期时光

"妈妈，你刚才说什么，能再说一遍吗？"安娜贝尔说，她不敢相信自己的耳朵，觉得肯定是自己听错了。她看向哈里，他也是一脸难以置信的样子。

"希望我没有听错！"他们两个都默默地在心里祈祷着，兴奋的感觉已经涌遍了全身。

"我们全家明天就出发去度假，目的地是康沃尔郡一个有点儿偏僻的地方，叫作'宝藏湾'。那里允许宠物进入，所以米粒也可以和我们一起去！"妈妈把刚刚的话又重复了一遍。

"宝藏湾！"安娜贝尔和哈里异口同声地喊了起来，他们在厨房里手舞足蹈，米粒跟在他们身后欢蹦乱跳，"我们要去度假了！我们要去度假了！"两个孩子高兴地唱起了歌。不过很快，他们就停了下来，想起妈妈刚才

1

好像还提到了一些其他事情。

"你刚才是不是还提到了一条秘密隧道？"哈里问道。

"对，不过你们应该对这件事不是很感兴趣吧？"妈妈笑了笑说道。哈里见妈妈不肯说，便露出了他那标志性的顽皮笑容，眨了眨他那双亮晶晶的绿色眼睛。"求求你了，告诉我吧！"他紧紧地搂着妈妈，歪着脑袋恳求道。安娜贝尔知道这是弟弟惯用的伎俩，但可气的是，妈妈似乎每次都会上当。

"好吧！别搂着我了，哈里！我受埃克塞特大学邀请，为他们的项目采集康沃尔郡本地人的 DNA 样本。我们希望可以通过这些 DNA 样本，了解现在生活在康沃尔郡的人们最初来自哪里。我们想要探究他们的祖先是从铁器时代和罗马时代就生活在那里的凯尔特人，是在罗马人之后从德国、丹麦、荷兰等欧洲国家迁居而来的盎格鲁－撒克逊人，还是来自其他民族。我还想带你们看看我在埃克塞特医院工作的时候使用过的实验室，我的老同事们都很想见见你们！"

"这听起来太棒了，妈妈！"安娜贝尔说，她非常喜欢听妈妈给他们讲自己手头的项目。妈妈的大多数工作

都是在花园里的实验室中完成的，她还经常会让安娜贝尔和哈里一起帮忙。不过现在，哈里似乎对足球更感兴趣，更关心自己的新球鞋和护腿板有没有发货。

原来，我们可以用包含人体建构指令的 DNA 来确定自己的祖先来自哪里。安娜贝尔不禁开始猜想，自己的 DNA 能够揭示什么信息呢？她知道自己的父系祖先来自爱尔兰和美国，不知道科学家们能不能通过自己的 DNA 判断出这一点。他们还能不能发现一些她还不知道的事情呢？她会是盎格鲁－撒克逊人的后裔吗？其实，她很希望自己的祖先是维京人，因为这几天老师正在给他们讲维京人的历史……就在这时，安娜贝尔的思绪突然被哈里略带不耐烦的声音打断了。

"妈妈，给我们讲讲那条隧道的事！"

"好，不过我也不确定这个故事的真实性。过去，那个地方是劫船者的聚集地。人们传言，深夜，劫船者们会在礁石上放置马灯或布置其他误导性灯光，引诱正在寻找港口的船只驶入危险海域，触礁遇险。然后，等在一旁的劫船者们便会大肆劫掠船上的货物，将它们洗劫一空。他们不想被海岸警卫队发现，遭到逮捕，所以需要尽快离开海滩。据说，宝藏湾上有一条秘密隧道，从海滩通往悬崖上的教堂。听我生活在那里的朋友们说，虽然许多人都想要找到那条隧道，但至今还没有人成功！人们认为那条隧道里面还藏有劫船者们从遇险船只上劫掠而来的宝藏——当然，至今也没有人找到，但这就是那个地方被称作'宝藏湾'的原因。"

哈里和安娜贝尔聚精会神地听妈妈讲着，心里不由得激动起来。妈妈讲完后，哈里飞速冲出厨房，安娜贝尔和妈妈听到他咚咚咚地跑上楼梯，只得无奈地抬头望着天花板。"我去收拾行李！"哈里大声喊道。不一会儿，安娜贝尔听到重重的脚步声从自己的房间传来，于是赶紧跑上楼去，想要看看哈里到底在做些什么。

她看到哈里站在自己的房间里，一副非常滑稽的样子。这么会儿工夫，他就找到了一盏头灯，把它戴在了脑袋上，刺眼的光芒从头灯里射出来。他的肩上还挎着几副望远镜，两只手一手拿着一个安娜贝尔的手电筒——他溜进安娜贝尔的房间就是为了找手电筒。

"那是我的！"安娜贝尔一把从哈里手里抢过了手电筒。

"我们需要做好准备，安娜贝尔，我们就要去寻找秘密隧道和宝藏了！别忘了，我们可是'DNA 小侦探'，没有什么能够难倒我们！"

安娜贝尔朝弟弟笑了笑。她转过头，看向了自己的留言板，贴在正中间的就是他们上一次冒险经历的新闻报道，也就是从那时起，她和哈里正式化身"DNA 小侦探"。当时，他们俩就像真正的侦探一样，利用 DNA 和收集到的证据，抓获了偷走米粒和朋友家小狗的宠物窃贼。想起他们和米粒重逢时的场景，安娜贝尔露出了灿烂的笑容。既然那一次他们能够成功侦破谜案，那这一次他们也肯定可以找到海滩上的隧道。这怎么会难倒他们呢？

"我把我们的'DNA 小侦探'工具包带上吧，怎么样，哈里？"

哈里微微笑了一下说："没问题！我觉得我们肯定能用上它！我太激动了，妈妈说我们明天一大早就出发。爸爸怎么还没有下班回家，我已经等不及要把这个消息告诉他了！"

"等一觉醒来，"安娜贝尔一边轻轻拍着米粒一边想着，"新的冒险就要正式开始了！"

6

第二章

海滩上的发现

前往康沃尔郡的旅程格外漫长，不过，等汽车转过弯、绕过悬崖之后，山谷中宝藏湾的迷人景色映入眼帘，让所有人都觉得这样的等待完全是值得的。现在，出现在安娜贝尔眼前的是一片美丽绝伦的

小海湾和一片金光闪闪的小沙滩，四周排列着一座座别致的白色小屋。碧蓝色的海水在阳光下泛着粼粼波光，一艘艘渔船在海面上随波荡漾。海湾的那一头，一座教堂矗立在悬崖之上，俯瞰着整片海滩。

爸爸打开了天窗。"妈妈，你听，那是海鸥的声音！它们的叫声好大啊！"安娜贝尔抬起头，看到一群海鸥从头顶上方飞过。

"我听到了。"妈妈说，"这里的路又窄又弯，慢点儿开！"她叮嘱爸爸。安娜贝尔向外面望去，一片花海从窗边掠过。她看到了峨参花和毛地黄，还认出了红色的剪秋罗。米粒爬到哈里身上，用力嗅了嗅窗边的味道，把已经睡着的哈里给吵醒了。他揉了揉眼睛，大声喊道："我看见大海了！我是不是打败安娜贝尔了？"每一次，他们两个都会在车上比赛，看谁先看到大海。每一次，安娜贝尔都会让哈里获胜。

安娜贝尔很快就明白了这里为什么会成为劫船者的聚集地。这里地处偏僻，最近的村庄也远在五公里之外。小海湾附近还布满了嶙峋的礁石，她可以想象得到偏离航线的船只有多么容易触礁遇险。

"妈妈，我们到目的地了吗？我们能去海滩了吗？

我已经等不及了！"哈里急切地喊道。他现在一心只想赶快去寻找那条秘密隧道，他希望爸爸能在这里把车停下，这样他们就可以立马开始探险了，"快点儿吧！"他在心里祈祷着。

"耐心一点儿，哈里，我们要先去度假屋！"妈妈说。安娜贝尔觉得妈妈的声音听起来有一些疲惫。从出发开始，哈里就一直在念叨关于劫船者和秘密隧道的事情，直到最后 20 分钟，他才终于睡着了，大声打起了呼噜。安娜贝尔也等不及想要去小海湾上开始他们的探险了，不过她只字未提。她知道在漫长的旅程过后，爸爸妈妈已经非常累了。

"我们终于到了！"爸爸把车停进了一个小型停车场，哈里第一时间跳下了车。

"这里很漂亮。"安娜贝尔看着眼前这座美丽的白色小屋说道。这是一座带有茅草屋顶、老旧前门和石头窗台的度假屋，看起来，这扇门上以前应该挂着一块标牌。往花园的另一头望去，可以看到一堵俯瞰着海滩的石墙。爸爸妈妈打开门，走进了小屋。

"我们真是太幸运了！我们的度假屋就在海滩旁边！"安娜贝尔大声说道。她大口呼吸着海边的空气，再也抑制不住自己激动的心情。

妈妈的声音从度假屋里传来："快来看啊，这儿有一封写给华莱士一家的欢迎信，还有一本度假屋的服务指南，你们肯定会感兴趣的。上面说可以报名参加这片海滩上的冲浪课程！"听到妈妈的话，安娜贝尔立刻跑进了小屋。

"妈妈，快点儿！我们现在就要去海滩！"哈里又开始催促起来。他已经坐在了那堵石墙上，看上去非常危险。石墙的另一边有一条陡峭的下坡路，一直延伸到下面的海滩。"潮水刚刚退去，我们现在过去，就能赶在其他人前面去潮池捕鱼了！"海滩的景色让人过目难忘，哈里还可以看到礁石中有许多缝隙，秘密隧道可能就藏在其中。他又往前探了探身子，将险峻的悬崖尽收眼底。

"哈里，立刻从那堵墙上下来！"妈妈看到这一幕，快步冲出小屋，焦急地喊道。不过此刻，哈里已经不知跑到哪里去了。

"拜托，妈妈，你就让我们到海滩去吧！"安娜贝尔终于开口恳求道，"我会看好哈里的，米粒也可以和我们一起活动活动！"

"那好吧，我和爸爸先把行李放好，然后就去找你们。等一下，我去给你们拿渔网和钓线。"

"我已经拿来了！"是哈里的声音，所有人都转过头来看着他。他脑袋上戴着头灯，一只手里拿着小桶、渔网和钓线，另一只手里拿着一个手电筒。他已经完全准备好了！大家看到他这个样子，忍不住哈哈大笑起来。

"快点儿，安娜贝尔，我们来比赛，看谁先跑到海滩！爸爸妈妈，一会儿见！"哈里边说边跑了起来，他终于可以去海滩了！安娜贝尔跟在哈里后面跑着，努力想要追赶上他。可是，他肯定是又长高了，比之前跑得更快了。好在，米粒一直使劲拽着安娜贝尔往前跑，拼命想要追上哈里，她这才勉强赶上哈里的脚步。

"这些潮池看起来太壮观了，哈里！看，潮水才刚刚退去，一会儿肯定还会出现更多潮池。"

"你是傻了吗？我们是来找秘密隧道的。"原来，来潮池捕鱼只是哈里的一个借口，"我们需要仔细查看每一寸礁石，我们一定可以找到它。我知道我们一定会找到它的，不过，它肯定不会在非常明显的地方。礁石背面和沟壑里面也不能放过。"

哈里把小桶、渔网和钓线递给安娜贝尔，然后便一蹦一跳地越过一块块礁石。安娜贝尔看到，礁石上缠绕着滑溜溜的海草，附着着外壳尖利的藤壶，哈里肯定会滑倒的。

"快看米粒！"安娜贝尔突然指着他们的小狗喊道。米粒信心满满地一跃跳进了潮池。它觉得这里的水不会很深，可是，它一跳进去，脑袋就瞬间被水没了过去，它只得灰溜溜地向岸边游去。看到它滑稽不已、一脸错愕的表情，两个孩子笑得前仰后合，米粒也朝他们摇了摇尾巴。它身上卷曲的黑色毛发已经湿透，现在，它看起来就像一只瘦骨嶙峋的小狗。上岸后，它把身上的水全都甩在了安娜贝尔和哈里的身上。这下，他们两个笑得更大声了！

过了一会儿，哈里转过身，继续开展他的搜寻工作，毕竟这才是他此行的真正目的！他发现，从礁石上跳过去要比在下面走更快一些。

"哈里，慢一点儿！这些礁石很滑！"安娜贝尔叮嘱道。眼前，深灰色的花岗岩礁石勾勒出了一幅壮阔的画面，它们环绕在这片小海滩周围，好似划破大地，直冲云霄。潮水越退越远，越来越多的礁石露出水面。这下，安娜贝尔完全明白了为什么那么多船只会在这片海湾遇险。从上方俯瞰，这里的海底看起来只是一片泥沙，可实际上，泥沙下面还埋藏着更多极为锋利的礁石。"这简直为劫船者们提供了得天独厚的条件，"安娜贝尔认定，"这里既偏僻又危险！"

"啊——！"这时，一声尖叫从远处传来。

"哈里，你没事吧？"安娜贝尔大声喊道。她看到米粒以最快的速度向哈里滑倒的地方跑去。它舔了舔哈里的脸，哈里咯咯咯地笑了起来。

"停，停，米粒！我没事！我只是滑了一跤，把膝盖磕破了。你快点儿过来，我刚刚看到了一只大螃蟹，那是我长这么大见过的最大的螃蟹，就是因为它我才滑倒的。我想要冲过来抓住它，不能让它跑掉！我觉得它是爸爸带我们在集市上看过的那种可以吃的螃蟹。快点儿，快过来，它非常大！米粒，赶快从池子里出来，你会把它吓跑的！"

安娜贝尔不确定自己到底想不想看到那只大螃蟹。它个头很大，也就是说，它的钳子也很大，可能会把她夹到。她一步步向哈里走去。这时，太阳从一片云彩后面探出了脑袋，阳光洒在了潮池上。她和哈里不约而同地看到，有一个东西在潮池底部闪闪发光。

"那是什么?"哈里高声喊道。潮池的水很深,但是,安娜贝尔还没来得及阻止哈里,哈里就一跃跳了下去。他的短裤一下子就湿透了,不过安娜贝尔知道,他完全不会在意。

"那是什么,哈里?"

哈里可以感觉到湿漉漉的短裤贴在自己的皮肤上,又冷又潮,但他没有理会。他摸到了池底的那个东西,迅速把它捞起来,举到了空中。

"是一个相片盒吊坠!"安娜贝尔和哈里异口同声地喊了出来。

"它怎么会在这里呢?"安娜贝尔有些好奇。

"我觉得它应该是从妈妈给我们讲过的那些沉船中掉出来,被冲到这里的。也许在我们来之前,这里刚刚下过一场暴风雨……或者……也可能是劫船者们把它扔在这里的,这么多年来,它一直都躺在这个潮池的底部!"

安娜贝尔从哈里手中拿过吊坠,把它捧在手里端详着:"它好精致啊!你看,它的正面还有一只小鸟。你觉得它会不会是一个金吊坠?"

"这肯定是一个金吊坠,不用你告诉我,安娜贝尔!"哈里一把把吊坠夺了过去,"看啊,小鸟旁边还有一朵小花。这么精致的吊坠肯定要花很长时间才能做好，我甚至能够看到叶片上的叶脉。你看，这中间还有一颗亮晶晶的蓝色钻石。别碰，米粒，这不是给你的！"哈里把好奇的米粒推到了一边。

"我觉得那是一颗蓝宝石！"

"反正肯定很值钱。我觉得这根项链也是纯金的。等一下，你看，它的背面写着一些字。"

"什么字？快说，哈里。"安娜贝尔催促道，她已经激动得不得了了。

"上面写着'我亲爱的小伊莉斯——1871 年 3 月 8 日出生'，那是……嗯……等等……150 多年前的事了！我就知道这是个老物件。我们把它打开看一看吧。"

"好的，哈里，不过一定要小心一点儿。"安娜贝尔和哈里屏住呼吸，打开了吊坠，他们看到里面放着一张黑白照片。

"看起来是很久之前的照片了，"安娜贝尔轻声说道，"已经有些褪色了，不过还是可以看出，这是一个小女孩的照片，我感觉她和我差不多大。你觉得她会不会就是伊莉斯？"

"应该是。你看，另一面还有东西，看起来像是一缕金黄色的头发。这真是一个大发现！我敢肯定这就是伊莉斯的头发。你还记得妈妈一直保存着我们第一次剪下来的头发吗？她说那是我们的胎毛，然后她就回忆起我们还是小宝宝的时候的样子，开始多愁善感起来。也许这就是伊莉斯的胎毛？走，安娜贝尔，我们把它拿给爸爸妈妈看看！"

"哈里，等等，我还发现了一些其他东西！你看，这些泥沙上有一些奇怪的印迹。我在想，它们是从哪儿来的呢？"

"它们的形状很奇怪，看起来不像是脚印。等一下……你觉不觉得它们可能是脚蹼留下的印迹？"

"没错，我觉得就是，而且它们这么大，肯定不是小孩子留下的。这边还有更多印迹。走，哈里，我们沿着这些印迹往前走！"

这一次，安娜贝尔负责带路。她感觉无比自豪，因为哈里很少这样乖乖听她的话。

"这些印迹一直延伸到那条深沟里面。这真是太神奇了……你站在海滩上根本看不到那里，礁石把那个入口完全挡住了。"

哈里翻过一块块礁石，米粒紧跟在他的身后，它时不时还会回头看一下，确保安娜贝尔没有落在后面。哈里一直跟着印迹向深沟尽头走去，一块巨大的礁石挡住了去路。米粒一路嗅着深沟里面的味道，走到这块礁石前面时，它突然狂吠起来，拼命地左右摇动着尾巴。

"它肯定是闻到了什么气味！"哈里大声喊道，"也许有什么东西藏在这块礁石后面，我觉得可能会是那条隧道。它真的非常隐蔽，无论你是站在海滩上还是从旁边经过，都完全看不出来。来，安娜贝尔，帮我把它移开！"

"你是疯了吗，哈里？我又不是巨人。"

"你是想说'超人'吧？"

"这不重要！我可移不动这块礁石，它太大了！"

哈里鼓起勇气，想要试着自己把这块礁石移开，可惜，他没能成功。安娜贝尔看着他一遍又一遍地尝试着，觉得有些滑稽——他可真是"坚持不懈"啊！

最终，哈里还是放弃了移开礁石的想法，决定试着爬到上面一探究竟。米粒用两条后腿站立着，极力想要跟着哈里爬上去，可是这块礁石实在是太高了。哈里打开了他的头灯，努力从岩壁和礁石之间的窄缝往里面望去。头灯发出的光照亮了礁石后方的区域，一条通道隐约现出了身影。

"安娜贝尔！你肯定不会相信的！"哈里激动地大喊。

安娜贝尔看到哈里把眼睛瞪得和碟子一样圆，脸上还挂着灿烂的笑容。

"我看到了一条隧道！"哈里接着喊道。

"你是在开玩笑吧？你是觉得那就是秘密隧道吗？"

"没错，我觉得那就是，我告诉过你，我一定会找到它的！我们在这里摞几块石头，标记一下它的位置，方便下次过来。我们得想办法找到入口。我觉得我们可以把这个吊坠拿给爸爸妈妈看看，不过先不要告诉他们隧道的事，他们不会让我们进去的，你得保证不会告诉他们！"

"好的，我保证，我不告诉他们。走吧，哈里，我已经迫不及待地想要把吊坠拿给爸爸妈妈看了，他们一定不敢相信——这才是第一天啊！我有预感，这肯定会是一段不可思议的探险之旅！"

安娜贝尔紧紧地把吊坠攥在手里。它真的是从沉船中掉出来的吗？还是像哈里说的那样，是劫船者们把它扔在那里的？他们真的找到那条秘密隧道了吗？此刻，安娜贝尔的激动心情已经无法用语言来形容了。她跟在哈里后面，向小屋的方向跑去。

第三章

博物馆

"**我**要巧克力味的！"哈里大声喊道。

"我想要草莓味的，谢谢。"安娜贝尔轻声说道。他们来到了海滩咖啡馆，接待他们的是一位和蔼可亲的老奶奶。

"呀！你们这是找到什么啦，两个小可爱？"她看着两个孩子手里的吊坠好奇地问道。一回到小屋，安娜贝尔和哈里便向爸爸妈妈展示了他们发现的宝贝，所以爸爸妈妈才带他们出来买冰激凌，想要庆祝一下这个激动人心的时刻！

"我们是在一个潮池里找到它的。"哈里自豪地说道。

"我觉得那肯定是劫船者们留下的！"老奶奶对两个孩子的爸爸妈妈眨了眨眼睛，"你们可以把它拿到村子里的博物馆去，那里的人肯定对它有更多了解。博物馆就在集市附近的邮局旁边。"说完，老奶奶便去帮他们取冰激凌了。

"我们一会儿就去吧，好不好嘛？"哈里恳求道，"我很快就可以把冰激凌吃完，我保证！"他偷偷地把一部分蛋筒塞给了桌子下的米粒，米粒也很乐意帮忙——它刚刚才帮安娜贝尔吃掉了一部分！

"哈里，我们先把米粒送回小屋，然后就可以去了。"妈妈答应了这个请求，两个孩子大声欢呼起来。

＊＊＊

博物馆的建筑十分精美，据铜牌上的文字介绍，这里曾经是本地人建造和维修渔船的地方。要进入博物馆，首先要穿过一扇小小的木门，这扇小木门开在两扇供渔船进出的大门上面，亮蓝色的大门在白色石墙的衬托下显得格外夺目。哈里一如既往地冲在最前面，等其他人终于赶上来的时候，他已经在和入口处柜台后面的女士交谈了。安娜贝尔看到那位女士手里拿着那个吊坠，正全神贯注地听哈里讲话。她感觉有些失落，她希望可以由自己把吊坠交给博物馆的工作人员，不过，也许她还可以成为那个揭开谜底、查明照片中的女孩到底是谁的人——没错，这样就可以弥补眼前的遗憾了！

"啊，这真是一个了不得的大发现！"那位女士看到安娜贝尔走过来，脸上绽开了笑容，"你的弟弟一直在跟我讲你们找到的这个美丽的吊坠。你好，我叫艾丽斯。"她看起来和他们的姑妈萨拉差不多年纪，戴着一副黑色的眼镜，金黄色的头发在脑袋后面盘成了一个整齐的发髻。安娜贝尔觉得她的笑容非常亲切，而且她似乎对他们的发现很感兴趣。

"您觉得这个吊坠是劫船者们留下的吗？"安娜贝尔问道，艾丽斯听到这个问题大声笑了起来。安娜贝尔觉得有一点儿难过，"这是海滩咖啡馆里的那位老奶奶告诉我们的。"她辩解道。

艾丽斯察觉出了安娜贝尔的失落，于是赶忙解释道："劫船在这里盛行已经是 100 多年前的事了，这个吊坠怎么可能在潮池里待这么久呢？每天都会有小孩子去那些潮池里捕鱼，我觉得如果真是这样，那早就该有人发现它了。有传言说，海湾里的一艘沉船上装着许多宝藏，也许它是从那艘沉船中掉出来的？不过，最近一段时间，这里并没有出现什么恶劣天气，往往在暴风雨过后，才会有一些东西被冲到岸边。"

"您还知道关于那艘沉船的什么事情吗？"两个孩子

追问道。

"嗯，这是一个非常有趣的故事。1881 年，那艘船从挪威起航，登船的除了船员之外还有一个富有的家庭。那家的男主人，也就是船只的所有者，要乘船来康沃尔郡谈生意，同行的还有他的妻子和年幼的女儿。"在艾丽斯提到"年幼的女儿"时，安娜贝尔用胳膊肘轻轻碰了一下哈里。哈里转过头对她笑了一下，显然，他也在想同样的事情——这个"年幼的女儿"就是吊坠里的那个女孩伊莉斯吗？

艾丽斯继续讲着："他们在那艘船上装满了木材，想要来换取康沃尔锡矿产出的锡。他们的目的地是法尔茅斯，但是据说，从挪威起程四天之后，他们在夜里遭遇了一场可怕的暴风雨。他们急切地想要寻找避风港，沿途的灯光让他们以为自己找到了一处安全的港湾，可那只是劫船者们用来引诱他们撞上锋利礁石的伎俩——你们应该已经在海滩上看到那些礁石了。触礁后，船体四分五裂，劫船者们趁它完全沉没之前偷走了上面的物品。人们传言，其中还有那家人的金币和珠宝，但是这么多年以来也没有人找到它们。船上的船员和乘客已经不幸遇难，只有那个小女孩活了下来，她被劫船者们捞了上来，后来被一个本地家庭收养。我对后面的事情也没有太多了解，只知道那家人在本地开了一家小酒店，现在已经改成了度假屋，就在海湾附近。"

"我敢肯定那就是我们住的度假屋！"哈里激动地喊道。安娜贝尔也觉得可能是这样，她的心怦怦地跳了起来。艾丽斯面带微笑地听着两个孩子接下来的对话。

"那本度假屋的服务指南里写着它的历史，我没有看，你看了吗？"安娜贝尔问哈里。

哈里摇了摇头："没有，我刚才只想着看电视里都有哪些频道来着。那本服务指南里肯定写了度假屋是不是就是之前的那家小酒店。"

"等我们回去就赶紧去看一看。我敢肯定，我们现在就住在伊莉斯曾经的家里面！"从安娜贝尔的声音里就可以听出她激动的心情。

艾丽斯接着说道："那个女孩应该活到了很大年纪，最后埋葬在悬崖边的教堂墓地里。"

"您知道那个女孩叫什么名字吗？"安娜贝尔问。

"我不记得了，非常抱歉，不过，你们可以去图书馆看一看，应该会有所收获。那儿有一些关于本地劫船者的图书，地方志里可能还记载着那个女孩的详细信息。

你们也可以到博物馆里看一看，这里有一张沉船的照片，还有一些在本地发现的劫船装备。"

安娜贝尔和哈里听到艾丽斯说已经不记得女孩的名字了，难掩失落的情绪，这可是解开谜团的关键线索。

"你们听我说，"艾丽斯觉得有些对不起两个孩子，"如果你们的爸爸妈妈同意的话，我可以把这个吊坠拿给我们的历史专家们看看，他们或许了解它的年代和来历，它看起来很不寻常。哦，等一下……我这儿还有一样东西……"

艾丽斯转身跑进一间小屋，两个孩子听到一阵乒乒乓乓的声音和挪动物品的声音从里面传来。过了一小会儿，她手里拿着一个破旧不堪的皮面笔记本回来了。

"我刚刚想起来，有几名工人在翻修度假屋的时候找到了这个笔记本和劫船者们使用的一些物品。我们将劫船工具陈列在了博物馆里，但是不知道该怎么处理这个本子。这是一本日记，已经非常破旧了，据说，工人们是在一个房间里搬动壁炉的时候找到它的，它就藏在几块砖的后面。度假屋的老板对这些事情完全不感兴趣，让工人们把它处理掉，于是他们就把它拿来交给了我们。我还没有看过这本日记，不过，如果你们住的度假屋就是之前的那家小酒店，那你们可能能从中找到一些有用的信息。你们得保证把它还回来，并且告诉我有没有什么新的发现。"

安娜贝尔和哈里用力点了点头作为回应。艾丽斯将这本破旧不堪的日记交给了安娜贝尔。

"谢谢您。"安娜贝尔小心翼翼地接过了日记，她不禁开始猜想，里面会不会真的有什么关于吊坠里的小女孩的线索。她现在只想赶快看一看里面的内容，但是哈里已经迫不及待地想要离开了，于是，她只得先将这本日记塞进了自己的口袋。

"我会督促他们把日记还回来的。太感谢您了，非常感谢。"妈妈开口说道，"孩子们，你们赶紧去看看能不能找到那张沉船的照片吧！"

其实，哈里根本不需要妈妈开口提议。"快，快走吧！"他直接拽着安娜贝尔跑了起来。

博物馆里的展品陈列在一个个老旧的大玻璃柜里，它们看起来都很有意思，安娜贝尔感到眼花缭乱。突然，她看到了一样很恶心的东西。"啊！"她尖声叫了起来，"那是什么？"

哈里看了看标牌上的文字说道："这是他们在那家小

酒店里发现的老鼠木乃伊，已经有 150 多年的历史了！"

"这真是太恶心了！如果那里有老鼠的话，那我宁愿我们住的度假屋不是之前的那家小酒店！"安娜贝尔赶紧把眼睛闭了起来。

"你看这个！"哈里已经往前方跑了过去。

安娜贝尔看了看标牌："劫船者的圣经。啊！这也太酷了！'劫船者把一块木头削成圣经的形状，从背面挖空，把装着白兰地的马口铁壶放进去，然后，劫船者的妻子就可以神不知鬼不觉地把从船上偷来的白兰地卖出去了！他们用暗号"杰克表哥"来代指白兰地，这样其他人就不会知道他们在说些什么了。'"

"我喜欢这个！"哈里又发现了一样有趣的东西，"据说，劫船者们会把赃物藏在装着土豆的麻袋里。他们把土豆的内芯挖掉，把赃物放进去，然后用铁丝将土豆固定好，再在土豆的表面盖上一层土，把切口遮挡起来，最后把它装进麻袋，和普通的土豆混在一起。"

"天哪，人们肯定得费好大力气才能找到这些赃物！"安娜贝尔说。

不过，还没等安娜贝尔说完，哈里就已经跑到下一件展品跟前了。

"看，安娜贝尔，这就是那艘船！"

两个孩子目不转睛地盯着一张很久之前的黑白老照片，照片里是露在水面的船只桅杆顶端。他们认出了照片里的海滩就是宝藏湾，那些礁石的形状基本上没有发生变化，可是，他们刚刚并没有在海边看到桅杆，它们肯定已经腐烂或者在暴风雨里折断，沉到海底了。

"这上面写着：'1881 年 3 月，挪威船只"海伦娜"号于宝藏湾遭遇暴风雨失事。'"安娜贝尔说，"如果这艘船是在 1881 年失事的，而伊莉斯就像吊坠上写的那样，是在 1871 年出生的，那么也就是说，在船只失事时，她正好是 10 岁，那张照片里的女孩看起来和我差不多大，这样就完全说得通了，我敢肯定，那个吊坠就是'海伦娜'号上的那家人的。"安娜贝尔欣喜若狂，她相信他们已经解开了谜团。

"我们来找找看还有没有其他线索吧！"哈里又跑到了前面，"安娜贝尔，快点儿，快来看我发现了什么！"

安娜贝尔以最快的速度跑到了下一个展柜跟前，里面摆放的全都是很久以前的马灯。

"这些可能就是劫船者们用来引诱船只触礁的马灯。"哈里说，"刚刚那位女士说，它们都是在本地发现的。"

"你看，劫船者们只要点亮这盏灯，就可以向悬崖边的同伴传递消息了。"安娜贝尔说。

"你再看这盏灯，它叫作'长嘴灯'，"哈里接着说道，"因为带有长嘴，所以只有海上的人才能看到灯光，岸上的人是看不到的，这样劫船者们就不会露出马脚了！"

安娜贝尔觉得，要是生活在那个年代，哈里肯定能够成为一名出色的劫船者，他总是会偷拿一些糖果或其他食物，把它们藏到自己的房间里。也许，让他看到这些展品并不是什么好事——这可能会带给他启发，让他想到更多的鬼点子！

"这样东西更有意思，安娜贝尔！"哈里又喊安娜贝尔赶快过去，"这个是'老水井钩'，据说，劫船者们会把赃物拴在绳子上，然后藏到井里，这个……"他指了指那个长长的黑色圆头金属物体说道，"这个钩子就可以防止绳子滑到井里。"

安娜贝尔很庆幸他们住的度假屋附近没有水井，因为如果有的话，哈里肯定会想要尝试一番！

"我觉得这里不会有什么其他线索了，哈里。"安娜贝尔说，"我真的很想去确认一下我们住的度假屋到底是不是之前的那家小酒店，我们可能就住在伊莉斯在被本地家庭收养之后所生活的地方。我们赶快回去吧！"

"嗯，我也这样想。"哈里激动得上蹿下跳。他向正在兴致勃勃地参观博物馆的爸爸妈妈身边跑去，拽着他们就往出口的方向走。

"你到底想要怎么样，哈里？"爸爸说道，"一开始，是你催着我们来博物馆，现在你又急着要回去。你是不是怎么样都不会满意？"

"是的，"哈里小声对安娜贝尔说，"除非我们找出伊莉斯到底住在哪里！我们走吧，安娜贝尔！"

安娜贝尔欣喜若狂，差点儿把那本日记忘在了脑后。她把手伸进口袋，手指触碰到了日记本的皮面——它还在那里。她长长地舒了一口气。今晚的睡前阅读时光真是太令人期待了！她觉得，能够解开吊坠和伊莉斯谜团的那把钥匙肯定就藏在这本日记当中。

第四章

劫船者的女儿
是谁？

安娜贝尔和哈里争抢着度假屋的服务指南，他们都想成为首先弄清度假屋历史的那个人。他们推推搡搡，大吵大嚷，发出的声音震耳欲聋。不一会儿，米粒也汪汪叫着加入了进来，场面变得更加混乱。它在他们两个身边跳来跳去，不愿被冷落在一旁。

"别吵了！"妈妈猛地推开门，冲进了客厅。听到房门发出砰的一声响，安娜贝尔、哈里和米粒立刻安静下来。两个孩子眼睁睁地看着妈妈从自己手中拿走了服务指南，只能垂头丧气地站在一边。

"我来帮你们两个看看这座度假屋的历史，这样你们就不用在这里吵吵闹闹的了，都坐下！"

米粒挤在两个孩子中间，把脑袋放在了安娜贝尔的大腿上，安娜贝尔看到它露出了"忧愁的目光"——只有在非常不开心的时候，米粒才会露出这样的目光，它也和安娜贝尔一样，不喜欢被人批评，可是，一旁的哈里似乎完全没有受到影响！

"这本指南里说，这座度假屋的前身是一家历史悠久的小酒店，"妈妈讲起了度假屋的历史，"酒店名叫'宝藏罐'。这个名字很有意思，'放宝藏的罐子'——是说这里是用来存放宝藏的地方吗？"她哈哈大笑起来，"哦，还有，这里以前的老板名叫亨利·南斯，他和他的家人就住在这里。这里面还提到，人们传言，亨利·南斯是一群劫船者的头目。"

妈妈抬起头来看了看安娜贝尔和哈里。现在，房间里安静得连一根针掉在地上都能听到。妈妈看到他们两个惊讶地瞪大了眼睛，一时间不知道该说些什么。

"艾丽斯，就是博物馆里的那位女士，"终于，安娜贝尔开口说道，"她跟我们说，在宝藏湾失事的挪威船只'海伦娜'号上只有一个幸存者，是一个小女孩，她后来被一户经营一家本地小酒店的人家收养了。这么说，这里就是她曾经生活的地方！她曾经就住在我们的这座度假屋里！我们会不会就睡在她曾经的卧室里呢？"

"我可不想睡在一个小女孩的卧室里。"哈里说道。

"别说这种傻话，哈里！"妈妈呵斥道。

"我们能去一趟图书馆吗，妈妈？"安娜贝尔开口问道，"博物馆里的那位女士说，我们可以在那里找到更多关于那艘沉船的资料。我们觉得，那个小女孩就是我们找到的那个吊坠里的小女孩，可我们需要证据！拜托，妈妈，你能带我们去一趟吗？"

"你们都这么求我了，我怎么能不答应呢？"妈妈笑着回答，"不过，安娜贝尔，你能不能先找一个地方，把那位女士给你的那本日记放好？"

安娜贝尔用最快的速度跑上度假屋的木制楼梯，冲进了卧室，把那本日记小心翼翼地放在自己的枕头底下，然后一把抓起了自己的笔记本，这样，她就可以把他们在图书馆里找到的有用信息记录下来了。睡前阅读的事情等一会儿再想吧，现在，他们得赶紧去图书馆了！

***

图书馆坐落在面积不大的乡村小学附近，建筑充满了现代气息。安娜贝尔和哈里一走到门口，电动门就自动打开了。这时，一位牧师打扮的男士火急火燎地走了出来，把他们吓得连忙往后退了几步。他皱着眉头从两个孩子中间挤了过去，然后便迈着匆忙的脚步拐上了另一条小道。

"嘿！看着点儿！"哈里大声嚷道。

"他是遇到什么事情了吗？怎么这么不高兴？"安娜贝尔说道。

"也许是因为他去教堂快迟到了。"妈妈出言安慰两个孩子，"你们去问问那边的那位男士这里有没有关于本地劫船者或走私者的书吧！"

还没等安娜贝尔和哈里过去，那位男士便抬头看向他们，主动朝这边跑了过来。他很年轻，长着一头深棕色的头发，戴着一副眼镜，鼻子上有许多雀斑，看起来一副兴高采烈的样子。

"你们就是在海滩上发现吊坠的那两个孩子吧？"他开口问道。

"我们就是！"哈里一脸骄傲地回答，"我们觉得那个吊坠是劫船者们留下的！博物馆里的女士说，它已经有很多年的历史了！"

"啊，太不可思议了！我想，我应该已经知道你们是来找哪本书的了。你们非常幸运，今天早上刚有人把它还回来。昨天还有一位上了年纪的女士想要来找这本书，她刚搬来这里不久，想要考证一下自己的家族历史。没错，这真的是一本非常热门的书！你们跟我来吧！"

安娜贝尔和哈里跟着这位男士来到了书架跟前。书架旁边放着几台机器，只要把图书放在上面扫一下，就可以成功借阅或者归还了。这位男士个子很高，腿很长，两个孩子紧赶慢赶才跟上了他的脚步。

"《宝藏湾走私与海难》，就是这本，这里面详尽地记载了曾经在这片海湾上发生过的事情。"男士将书递给了两个孩子。

"谢谢您。"安娜贝尔说。哈里一把从她的手中夺过了书，跑到离他最近的桌子前面，迫不及待地翻开书看了起来。

"书页上全都是脏兮兮的手印，"安娜贝尔指着那些手印说道，"大家为什么不能在看书前先把手洗干净呢？看，这里有一页是折了角的，可能是有人对这一页上的内容感兴趣……"

"安娜贝尔，看！快看这张照片！"哈里突然大声喊了起来。

"是一艘船！"

"是，我知道这是一艘船！这是'海伦娜'号，你看船上的那位女士。"

安娜贝尔看了看突然变得出奇安静的哈里，然后仔细看了看这张照片。

"哦，我的天哪！这就是那个吊坠，她戴着的就是那个吊坠！从照片上可以清楚地看到吊坠上的小鸟和小花。看，她还搂着一个小女孩，这个小女孩和吊坠里的那个小女孩长得一模一样！这肯定就是伊莉斯！"

安娜贝尔开心地伸出双臂搂住了哈里。她简直不敢相信照片里的就是他们找到的那个吊坠，可它确实就是，千真万确，她的眼睛不会撒谎。

"这本书上说，这张照片是在'海伦娜'号从挪威起航前往法尔茅斯前拍摄的。"安娜贝尔大声为哈里朗读着书上的内容，她看到哈里的眼睛里闪烁着兴奋的光芒，"就像博物馆里的那位女士告诉我们的那样，船上的这家人非常富有，小女孩的父亲就是这艘船的所有者。我的天哪，你看——这儿列出了小女孩的母亲登船时携带的所有珠宝。据说，船上还有许多金币和木材……"

安娜贝尔用手指着那个珠宝清单，一行一行地往下看。

"哈里，就是这个——相片盒吊坠，正面带有小鸟和小花的图案，由黄金和蓝宝石制成。'海伦娜'号沉没的时候，这个吊坠肯定是在船上的，可它怎么会掉到潮池里面呢？"

安娜贝尔在自己的笔记本上写下了"吊坠在'海伦娜'号物品清单里"。

"看，安娜贝尔，"哈里说道，"这里写着：'有传言称，1881 年 3 月的一个深夜，暴风雨袭来，"海伦娜"号遭本地酒店"宝藏罐"的老板及其同伙引诱触礁。'那本服务指南里写了，酒店老板名叫亨利·南斯，'根据一代代本地人流传下来的说法，那天夜里，海上险象环生，那伙劫船者将马灯放在礁石上，让附近船只上的船员们以为前方就是安全的避风港。"海伦娜"号沿着灯光的方向行驶，之后，船身便撞上了宝藏湾附近的锋利礁石。等在岸边的劫船者们划着小船驶向触礁船只，趁船体完全沉没之前偷走了船上的大部分物品。许多人说，当时的教区牧师也是这些劫船者的同伙，帮助他们藏匿赃物，防止被海岸警卫队发现。如今，你还可以在宝藏湾的小酒店里见到当年"海伦娜"号上装载的木材，而隧道、珠宝、金币则至今下落不明。本地人认为，珠宝和金币可能仍留在沉船上或被藏匿于村庄的某处。船上人员不幸遇难，只有一个小女孩得以幸存，被酒店老板亨利·南斯及其家人收养。'"

"哎呀，哈里，这真是太不可思议了，真不知道人们是怎么一代一代把这个故事传下来的！我在想，那些珠宝现在会在哪儿呢？我们能从哪儿了解到更多关于'宝藏罐'老板和他的家人的事情呢？我把你刚才说的这些都记在笔记本上了。"

"嘘！别出声，安娜贝尔，先别抬头，我们被盯上了。我觉得刚刚帮我们找书的那位男士还有他的朋友在偷听我们说话。我观察他们很久了，他们一直交头接耳，还对我们指指点点。"

不过，安娜贝尔还是抬起了头，她看到那两位男士朝她挥了挥手，然后走了过来。

"你们看到什么有趣的内容了吗？"刚刚帮他们找书的那位高个子男士问道。

"没有。"哈里努力装出一副垂头丧气的样子。

安娜贝尔把她的笔记本翻了过来，问这两位男士："我们能从哪儿了解到更多关于以前居住在这里的村民的信息呢？"

"你们可以去看一看人口普查记录。"另一位男士回答道，他长着一头姜黄色的头发，眼睛一直盯着安娜贝尔和哈里的方向看，两个孩子能够看出，他的眼神越过了他们的肩膀，看起来，他很想瞟到书上的内容。安娜贝尔啪的一声合上了书，这位男士似乎被吓了一跳。

"什么是'人口普查'？"哈里问道。

"哦，自 1801 年以来，英国每 10 年就会对国内的家庭和人口进行一次调查，调查内容包括姓名、住址、婚姻状况、年龄、性别、职业和出生地。跟我来，我带你们去找人口普查记录。"

安娜贝尔和哈里兴高采烈地跟着他走了。他们已经迫不及待地想要从记录里了解到更多关于亨利·南斯一家的信息了。

男士带着两个孩子来到了图书馆的另外一个区域。他们一走到这里，头顶的灯就亮了起来。

"我们这里有 1801 年以来的全部记录。"男士自豪地介绍道，"如果你们要查看这些记录，我需要站在一旁监督。你们要找哪些记录？"两个孩子觉得他好像对另一位男士点了点头。

"你说……他们为什么对我们要做什么这么感兴

趣？"哈里小声问安娜贝尔。

安娜贝尔耸了耸肩膀，然后对男士说道："我们现在住的那座度假屋原来是一家本地小酒店，我们想要了解一下当时住在那里的那家人的信息，您能帮我们找一下1871年的记录吗？谢谢。"

男士从书架上拿下来一个尘封已久的大型记事簿，它黑色的封面上印着"1871年人口普查"几个金色的大字。

"为什么要找1871年的？"哈里问安娜贝尔。

"1871年的时候，酒店老板还没有收养那个小女孩，所以她不应该出现在这一年的记录里。下一次人口普查是在10年后，也就是1881年进行的。从这些记录里可以看出，国家是在每年4月组织人口普查的。我们知道，'海伦娜'号是在3月失事的，所以，如果伊莉斯就是被酒店老板收养的那个小女孩的话，那她应该会出现在这一年的记录里面。"

"还真是这样！快，安娜贝尔，我们赶快来找一找！"哈里已经开始激动起来了。

两个孩子仔细查阅着1871年人口普查的姓名列表。

"找找'亨利·南斯'，"安娜贝尔说，"这是酒店老板的名字。"她拼命翻找着，想要抢在哈里前面找到。

可是最后，还是哈里抢先了一步："我找到了！"安娜贝尔顺着他手指的方向看去，亨利·南斯的详细信息用花体字写在一旁，在放置了这么多年以后，用黑色墨水写下的字迹已经有些褪色了。

"看！"安娜贝尔说，"亨利·南斯，住址为'宝藏罐'酒店，已婚，妻子名叫珍妮·南斯，年龄 33 岁，职业为酒店老板，出生于宝藏湾，有两个孩子——6 个月大的女儿格温和 2 岁大的儿子杰戈，没有提到伊莉斯，和我们预想的一样！"

安娜贝尔转过头看向那位男士，他好像对自己和哈里的一举一动非常感兴趣，她开口问道："请问我们能再看看 1881 年的人口普查记录吗?"两个孩子看着他把 1871 年的记录放了回去，找出了 1881 年的记录。

"还是一样，哈里，找到'亨利·南斯'这个名字！"安娜贝尔说。这一回，她下定决心要比哈里更快找到亨利·南斯的信息。她快速扫视着一行行的文字，寻找着'亨利'两个字。就在这里！"我找到了！"她用手指着亨利·南斯的名字喊道，不过，她有些不敢去看伊莉斯的名字有没有出现在这里。

"看——亨利·南斯，43岁，职业仍为酒店老板，住址为'宝藏罐'酒店，已婚，等一下……他有三个孩子！杰戈12岁，格温10岁，这回还多出来了一个伊莉斯……也是10岁！这肯定就是我们说的那个伊莉斯！"安娜贝尔喊了出来。

"这不可能是亨利自己的孩子，否则她应该也会出现在1871年的记录里。她肯定就是'海伦娜'号上唯一的幸存者伊莉斯，是吊坠里的那个小女孩！"哈里说道。

安娜贝尔在笔记本上写下了"已证实，吊坠里的小女孩伊莉斯被经营本地小酒店的亨利·南斯一家收养"，然后在"伊莉斯"三个字下面画了一条横线。此刻，那位男士正透过镜片凝视着两个孩子。

"我刚才无意中听到你们在谈论有关亨利·南斯的事情，我这里有一篇文章，我觉得你们应该会感兴趣。博物馆的工作人员艾丽斯让我帮她找一些关于本地劫船者的文章，我刚刚才帮她复印好了这一篇。"

"也许他只是想要为我们提供帮助。"安娜贝尔小声对哈里说。

"我不相信他，"哈里说，"他和他的朋友一直盯着我们看，我觉得有些奇怪。"

43

男士看出两个孩子对自己并不放心，于是示意他们跟自己去复印机那边看看。"你们看看这个。"他说完便从他们身边走开了。

"这是《康沃尔时报》上的一篇文章，发表日期为1881年4月1日，也就是'海伦娜'号失事的下一个月。"安娜贝尔说道，"这上面说，亨利·南斯被海关人员抓获，被控利用灯光引诱'海伦娜'号失事，但因缺少证人，且亨利英勇搭救失事船只上唯一的幸存者伊莉斯·安德斯达特，法官最终不得不宣布案件撤销。法庭了解到，伊莉斯已被亨利·南斯一家收养，现居住于宝藏湾。法官还向全体在场人员说明，利用灯光引诱船只失事者可被判处监禁、流放至澳大利亚殖民地或死刑。"

"啊……他真是'幸运'，逃过了一劫。"哈里说，"我觉得法官应该是在向他发出严厉警告：如果再犯，你的好日子就到头了！不知道他后来有没有继续干劫船的活儿，他的妻子看到他差点儿被抓，肯定非常气愤。如果我是一名劫船者，我肯定不会被抓到的，妈妈从来都没有抓到过我！"

听了哈里的这番言论，安娜贝尔不禁哈哈大笑起来："这要看你有没有留下什么证据，比如被子下面的糖纸或者妈妈在电视机后面找到的长了毛的苹果核！走吧，我们的借书证在这家图书馆也可以用，我们把这本书借走，回去之后可以再好好看看。"

"啊，你们在这里啊，"这时，妈妈的声音响了起来，她终于找到了安娜贝尔和哈里，"我一直在到处找你们！我刚才碰到了两位在冲浪俱乐部工作的男士，他们说你们可以明天去海滩上参加冲浪课程，他们真的非常友善。我可以给我住在这里的朋友宝拉打一个电话，看看她的孩子们想不想一起来玩。"

安娜贝尔和哈里举起手来击了一个掌，这真的是他们度过的最棒的一个假期了！他们刚刚确认了吊坠里的那个小女孩就是伊莉斯，她曾经生活的本地小酒店就是他们现在所住的度假屋，而且酒店老板亨利·南斯很有可能曾引诱伊莉斯所在的船只失事。也许那本日记可以透露更多信息，但是……那到底是谁的日记呢？安娜贝尔已经迫不及待地想要回去了。这一回，她拽着哈里冲出了图书馆，他们用最快的速度跑回了度假屋。

他们这就要去寻找答案了！

第五章

日记里的秘密

这天晚上，安娜贝尔和哈里一反常态地主动上床睡觉，安娜贝尔甚至有些担心爸爸妈妈可能会察觉出他们的不对劲。这是假期的第一天晚上，大多数情况下，在这种高度兴奋的情绪当中，哈里会找各种理由拒绝上床，比如口渴、床单没有铺好、玩具找不到了、房间里太亮了或太黑了、想上厕所或者有什么非常重要的事情要告诉爸爸妈妈。可是这一次，两个孩子居然主动换好了睡衣，刷好了牙，说想要自己去上床看一会儿书，这可真是闻所未闻。

虽然一开始，哈里因为觉得他们可能住在伊莉斯以前的卧室里而抱怨个不停，但现在，他没有再因为睡在"女孩的房间"里而吵吵闹闹，安娜贝尔也没有因为和哈里睡在同一个房间，需要忍受他像野猪一样的呼噜声而有什么怨言。

"我觉得要是爸爸妈妈没有这么疲惫，我们是不会这么轻易得逞的，哈里。"安娜贝尔说道。他们听到爸爸的呼噜声，偷偷笑了起来。爸爸一路驾车来到宝藏湾，现在已经累得倒在沙发上睡着了。

"快，安娜贝尔，把日记拿出来，我已经等不及想要看看里面的内容了。"哈里边说边走过去关上了房门，这样就不会有人听到他们的说话声了。安娜贝尔小心翼翼地从枕头底下拿出了那本日记。

"我们坐在我的床上看吧！"安娜贝尔提议，她完全不想坐到哈里的床上，因为不管他白天做什么事，都会把自己弄得一身脏。安娜贝尔目睹了哈里从海滩回来之后脚上沾了多少沙子，还想到他经常会在被子里面玩"裤子大爆炸"的游戏——这是他自己给这个游戏起的名字。嗯，没错，还是在她自己的床上看日记比较好！

安娜贝尔翻开了那本已经破旧不堪的日记，哈里在一旁兴致勃勃地看着。日记是用黑色墨水写的，字迹非常漂亮。

安娜贝尔把内容读了出来：

这本日记属于……伊莉斯·安德斯达特！这个

47

日记本是别人送给我的，我可以在这里写下自己的想法，我想要知道为何命运待我如此残忍。昨天发生的事情，我不知道该从何讲起，也不知道把它写在这里到底能够有什么意义。

听到这里，哈里一下子抓住安娜贝尔，用力摇了摇她："这是伊莉斯的日记！哦，我的天哪，安娜贝尔，这是她的日记！快，接着读！我想知道到底发生了什么事情！"

安娜贝尔冲哈里笑了笑，继续往下读：

1881 年 3 月 15 日，星期二

一开始，我以为这会是我人生中最美好的一天。几天前，我和爸爸妈妈从我们生活的挪威西海岸城市卑尔根出发，开启了这段旅程。我的爸爸是挪威人，妈妈是英国人，所以我很幸运，从小就会说两门语言！爸爸带我们登上了他新购置的"海伦娜"号，这艘船是以妈妈的名字命名的。我们要去往英国康沃尔郡，爸爸打算去那里谈生意，销售木材，妈妈想回她的家乡法尔茅斯看望一下亲戚朋友，我们已经有很长时间没有见到他们了。

为了庆祝这趟旅程，也为了祈求幸运女神保佑，爸爸送给妈妈一条美丽的吊坠项链，送给我一枚幸运硬币。我把幸运硬币装在小包里挂在了脖子上，妈妈则在项链吊坠里放了一张我几天前过 10 岁生日的时候拍的照片和一缕我的头发——那是我刚出生的时候长的头发，妈妈居然一直保存着它，这真是一个让人意想不到的收藏品！吊坠正面有一只可爱的小鸟和一朵镶嵌着蓝宝石的小花，那颗宝石的颜色如大海一般深邃。

在我们快要抵达康沃尔海岸的时候，一场可怕的暴风雨向我们袭来。海浪越来越大，船身摇晃得越来越剧烈。我从来没有见过这么大的浪，它们就像山脉一样连绵起伏。突然，一排巨浪把我们推向了最高处，船先是向后退，然后又猛地向前撞上了下一排浪。我已经快要吐出来了，这样的颠簸无休无止。每一次海浪袭来，都会有海水越过船头，打湿甲板。

夜晚降临，天色暗了下来，但暴风雨仍然无意停息，大雨如注，猛烈地拍打着船身。我听到船长对爸爸大喊："我们需要找一个避风港。"就在这时，我看到了岸边的亮光，长舒了一口气，以为我们终于安全了。我感觉船掉转了方向，向着灯光驶去，可是，就在我们即将抵达我们以为的那个安全地带的时候，令人毛骨悚然的刺耳声音从下方传来，船身剧烈地晃动起来。我现在知道了，那是"海伦娜"号撞上宝藏湾附近的锋利礁石的声音。礁石刺穿了船体，原本坚硬的木制船身如黄油一般被切割开来。

海水淹没了下层甲板，船身嘎吱作响，"海伦娜"号开始慢慢向一侧倾斜。我跑上了上层甲板，没想到竟然看到六七艘小船向我们驶来。船上的人好像把自己的脸涂成了黑色，所以即使他们离我越来越近，我还是看不清他们的长相。我现在知道了，那些人是劫船者，他们把自己的脸涂黑，防止被人认出来。可是，当时我真是太过天真，暴雨拍打在我的脸上，狂风在渐渐沉没的船只周围怒号，而我只是在想："谢天谢地，有人过来救我们了！"

我看到一些船员掉进了无情的大海，但是小船上的那些人并没有理会他们的呼救，只是径直向"海伦娜"号划来，想要趁船体完全沉没之前盗走船上的货物。这时，爸爸和妈妈也跑上了甲板。我向他们挥了挥手，妈妈也向我挥了挥手，还给了我一个飞吻。我看着巨浪袭来，把他们两个人卷入了大海——这是我最后一次见到他们。

小船上的那些人登上了"海伦娜"号，动作迅速地向他们的小船上搬运着木材和白兰地。酒桶浸过水之后变得又重又沉，而他们的手又湿又滑。他们费了好大力气才把那些酒桶全部搬走。与此同时，还有一些人在捡拾漂浮在海面上的"海伦娜"号残骸，他们不会放过任何一样值钱的东西。我又冷又害怕，身上的衣服已经湿透了。船持续下沉，我感觉就在自己往下掉的时候，好像有一个人伸手抓住了我，但是那时，我已经失去了知觉。苏醒过来之后，我已经在一艘小船上了，完全不记得自己是怎么来到这里的。我惊恐地目睹着"海伦娜"号渐渐沉没，只剩桅杆还矗立在海面，这真是一个诡异的画面。我所在的小船上一共有六个人，他们把脸涂成了黑色，脚上穿着笨重的靴子，样子看起来非常可怕。狂风在我们周围呼啸着，淹没了剩下的船员呼救的声音。小船上的一个人看上去像是这伙人的头目，我现在知道了，他名叫亨利·南斯。他高声叫喊着，努力盖过大风的声音，对那些人发号施令。海浪时不时地拍打着我们的小船，每一次都会有海水溅进来。快要抵达岸边时，我开始不由自主地颤抖起来。那个头目扔给了我一块毛毯。尽管满心恐惧，但这一丝温暖还是让我充满感激。

小船终于抵达岸边，逃离了黑暗大海的魔爪。船身碾压着海滩上的沙子，发出嘎吱嘎吱的声音。

几匹黑色的马前来接应，把船上的物品运往悬崖边。马匹在沙滩上一路小跑，马蹄却没有发出任何声音，我只能听到它们驮着货物被牵走时发出的呼吸声和笼头的叮当声。我还在黑夜中分辨出了一些人影，他们负责和马匹一起运送货物。我看到他们将两根杆子穿过链条上的固定环，用链条拴住沉重的白兰地酒桶，然后把杆子架在自己的肩膀上，扛着酒桶往前走。在用肩膀扛起重担的时候，他们发出了几声呻吟。他们中的一个人过来把我从船上抱了下来，推着我和其他人一起往岸上走去。

这些人搬运货物的速度十分惊人。我注意到有一个人拿着一根拴着树枝的棍子，跟在最后一匹马后面走着，把留在沙滩上的足迹抹掉，还有一个人和他并排走着，用烙铁在沙滩上伪造蹄印。我可以看出，那些伪造出来的蹄印朝向相反的方向，如果海关人员前来调查，那他们就会误以为马匹是朝着大海的方向走的！这些人之间几乎没有任何交流，每一个人似乎都很清楚自己该做些什么，传到我耳朵里的只有风声和海浪拍打沙滩的声音。

我抬头看向天空，天边已经开始透出微光，我知道，黎明即将来临。我猜想，这些人必须得在天亮之前收工，所以，他们现在得加快脚步了。很快，有船只在海湾里遇险的消息就会传开，到时，尽管这片海滩位置偏僻，但海关人员马上就会蜂拥而至，将撞在枪口上的窃贼捉拿归案。爸爸常常告诉我，盗窃沉船物品、利用灯光引诱船只失事者将受到严惩。

我们爬进了一条深沟。我的手又湿又滑，只能艰难地抓着礁石往里爬。我往前方看去，那些人和马匹走进了一条隧道。这条隧道藏在深沟里面，站在海滩上的人是不可能发现它的。走进隧道之后，我看到一块巨石被移到了一旁，我们就是从那里穿过来的。

"这就是我们发现的那条隧道，安娜贝尔，"听到这里，哈里大声喊了起来，激动得在床上蹦来蹦去，"我就知道肯定可以从那里走进去！她说的那条深沟和我们发现的那条非常像。她还提到了那块巨石——这肯定就是我们发现的那条隧道。我们找到那条秘密隧道了，我就知道我们一定会找到它的！"

"嘘！哈里，妈妈会听到你在这儿大喊大叫的。我想要知道接下来发生了什么。"

安娜贝尔继续翻着日记，她迫不及待地想要知道伊莉斯接下来写了些什么。她真是个可怜的女孩，这是一段多么可怕的经历啊！安娜贝尔接着读了起来：

似乎没过多长时间，我们就穿过了一扇木门，走进了一座高大的石墙建筑，这里的屋顶上悬挂着几口钟。接着，我走过另外一扇敞开的门，发现自己来到了一座教堂里面。那些人看到我跟着他们进来了，想要把我推出去，但是在那之前，我已经看到他们掀开祭台过道的地板，把从船上劫来的物品藏在了下面，而且，这一切都是在教区牧师的指导下进行的！

被那些人推到外面之后，我发现墓地里聚集着更多的人。在黎明的晨光中，我看到他们打开了一个盖子——我觉得盖子底下应该是一口井。那口井建在一座天使雕像旁边，与地面齐平，不像有些井是高出地面的。那些人拿着一个长长的黑色工具，将从船上劫来的物品固定在上面，然后放到井里。这时，我在小船上见过的那个人气冲冲地向我走来，他凑到我的面前恶狠狠地低声说道："你什么都没有看到，是不是，小姑娘？如果你想要有一个家，不想让我把你扔到外面，那就一个字也不要说，不要不知好歹。"说完，他便拽着我的胳膊，带我去到了我的新家——"宝藏罐"酒店。

我非常害怕亨利·南斯，不过我也没有和他在一起待多久。他的妻子珍妮对我很好，我觉得她应该是很同情我的遭遇的。我和他们的两个孩子格温、杰戈也相处得很好，也许是因为我们年龄相仿吧！我的卧室里有许多块已经腐朽的地板，亨利用"海伦娜"号上的木材将它们修补了一下。大多数人可能并不会喜欢这样，不过这会让我感觉爸爸妈妈似乎还没有远去，看着这些地板，就可以唤起我对他们的记忆。当然，我还珍藏着那枚幸运硬币，在那个可怕的夜晚之后，只有它还陪伴在我的身边，现在，它依然安全地躺在我脖子上的小包里。也许，它真的可以带给人幸运，所以我才能够幸存下来，最终获救。我的卧室位于小酒店前侧，站在窗边，就可以看到外面的大海。这个房间会让我想起我在挪威的家，房间里的墙纸上布满了黄色的小花，宛如家乡的田间风光。这个季节，森林里会开满这种美丽的浅黄色小花，它们在挪威语里叫作"Kusymre"，是我最喜欢的花，妈妈管它们叫"报春花"，这也是她住在康沃尔的时候最爱的花。

"啊，哈里，这是一个多么惊心动魄的故事啊，"安娜贝尔合上日记本说道，"她当时肯定非常害怕！我觉得她的卧室就是我们现在住的这个房间，这个房间就在度假屋的前侧，我们还可以从窗口看到大海。"

"那我去撕点墙纸看看。"哈里扑通一声从床上蹦了下来。

就在他伸手要去撕窗户下面的墙纸的时候，妈妈的喊声响了起来："赶快上床睡觉，否则明天早上就不去冲浪了。立刻，马上，哈里！"

"她怎么知道是我？"哈里说道，"我真的很想看看那上面有没有黄色的小花。"

"别，哈里，要不然明天妈妈就不会带我们去冲浪了，你知道的，她一向说到做到。我们明天早晨起床之后再看吧，可以看看床底下有没有能撕下来的墙纸，这样就不会被发现了!"

"好主意,安娜贝尔,你真聪明!快,我们现在越早睡觉,明天就能越早起床,也就能越早知道这到底是不是伊莉斯的卧室。"

眼下,这个关键问题的答案已经近在咫尺,安娜贝尔和哈里怎么能睡得着觉呢?不过,他们不得不再耐心等待一下!

第六章

墙纸背后

安娜贝尔在一阵抓挠和撕纸声中醒来。她看到哈里空荡荡的床，听到声音传来的方向，立刻就明白了哈里在做些什么。她侧过头，向床底下看去。

"怎么样？"

"这个下面还有三层墙纸，最底下一层……"

哈里假装在那里敲了几下鼓。

"快点儿说！是还是不是？"

"是！上面有黄色的小花，和伊莉斯说的一样。我们住的就是伊莉斯的卧室，我身下的地板肯定就是用'海伦娜'号上的木材修补的！"

哈里得意扬扬地从床底下爬出来，关掉了头灯，脸上露出了心满意足的笑容。安娜贝尔感到有些懊恼，她怎么就没有早一点儿起来呢？那样的话，她就可以成为揭开这个秘密的人了。

她没好气地说道:"嗯,那也就是说你现在正睡在一个小女孩的卧室里!"可是,话一出口,她就开始后悔了。有时,哈里就是这么让人又爱又恨。

"无所谓,我喜欢住在用沉船上的木材建造的房间里,这种感觉太刺激了!"哈里一边说,一边低头端详着房间里的地板,"它们确实看起来非常古老,我简直不敢相信它们来自遥远的挪威。你看这里的墙壁,这些砖块的颜色和其他地方的不一样,这肯定就是原来放壁炉的地方,也就是说,那些工人就是在这里找到伊莉斯的日记本的。"

"对不起,哈里,我刚才不是故意那么说的。"

"没关系。我觉得我们该换衣服了,你看窗户外面,已经有许多人到海湾来冲浪了。这项运动看起来可真有意思,我已经等不及要去上课了!妈妈的朋友也会带她的孩子们过来,希望他们都是些厉害的家伙。我在想,我们可以趁课程开始前先去海滩看看能不能走进那条隧道。我要把我们的侦探工具装到包里,我们没准儿会有什么新的发现。"

"好主意,哈里!来吧,我们比比看谁先换好衣服！"

安娜贝尔长舒了一口气，哈里已经完全原谅了她的出言不逊。这是哈里的一大优点，他很快就能忘掉别人做得不对的地方，全情投入到接下来要做的事情当中！

***

去往海滩的路上，哈里看到了一家面包店，从里面飘出来的香气格外诱人。尽管已经吃过早饭，但安娜贝尔的馋虫还是被勾了起来。

哈里拽着妈妈走进了面包店。就在安娜贝尔跟在他们后面往里走时，他们之前在图书馆见到的那位牧师从里面走了出来。他恶狠狠地瞪了安娜贝尔一眼，然后从她身边挤过去，快步朝教堂的方向走去。

"别理他，亲爱的！"站在柜台后面的男士说道，"他今天心情不太好。"

"他总是心情不好。"另一位男士笑着说道。这两位年轻的男士看起来非常友善，说话时带着浓重的康沃尔口音。安娜贝尔很喜欢他们的咬字方式，而且他们总是会在每句话的末尾加上"亲爱的"三个字，让人感觉十分亲切。她看了看站在门外等候的爸爸和米粒，他们的小狗正扬着头，拼命地嗅着从面包店里飘出去的美妙气味。

"怎么样，你们想来点儿什么，亲爱的？有新鲜出炉的甜甜圈，还有美味的自制馅饼。"

"妈妈超级爱吃甜甜圈！"哈里笑着说道。妈妈一脸尴尬，不过，她确实想要买一个甜甜圈。

"你们两个要甜甜圈吗？我再给爸爸买一个。"妈妈说。安娜贝尔和哈里不约而同地点了点头。安娜贝尔认为，她和哈里对甜甜圈的喜爱肯定遗传自妈妈。他们听过很多次妈妈的甜甜圈趣事：一次，妈妈买了一个甜甜圈，一边吃一边期待着果酱的美妙味道，但是那个味道始终没有出现，原来是厨师在制作甜甜圈的时候忘记加果酱了。据说，妈妈为此大发雷霆，而且一直对这件事情耿耿于怀。

"甜甜圈里面有果酱吧？"安娜贝尔微笑着问道。妈妈轻轻捏了一下安娜贝尔的手表示感激。

"当然，亲爱的，果酱也是我们自制的！稍等一下，我去后面给你们取。你们就是在海滩上发现吊坠的那两个孩子吧？听说那上面有一颗蓝宝石，这是真的吗？"

"是真的，而且我们觉得那是一个金吊坠。"哈里一脸自豪地说道。

"天哪，你们简直就是两名找到宝藏的小海盗！你们找到吊坠之后把它放在哪儿啦？"个子稍微矮一点儿的那位男士一边把甜甜圈装进袋子、给他们找钱，一边打听道。

　　"我们把它交给了博物馆里的女士。"安娜贝尔很奇怪他们是怎么知道这件事的，而且为什么要问这么多问题。

　　"他们研究完之后会把吊坠还给你们吗？"

　　"我不知道。妈妈，我觉得我们该走了，要不该赶不上冲浪课了。"安娜贝尔说着就拽着哈里急忙离开了面包店。看到他们这么快就走了，那两位男士一脸震惊。走出面包店之后，安娜贝尔看到他们正凑在一起专注地讨论着什么。他们是在聊她和哈里的事情吗？他们为什么对那个吊坠这么感兴趣呢？可是，哈里看起来一点儿都不在意这件事，他全速向海滩飞奔而去。下坡的时候，米粒一直在后面拽着爸爸——这一幕真是太滑稽了！

　　等一家人都来到海滩上的时候，安娜贝尔看到哈里已经在和两位救生员聊天了。

　　"安娜贝尔，这是比利和亚当，"哈里介绍道，"他们两位是救生员。我听说今天的浪很大，我们得小心一点儿。"

"我们之前没有见过你们，你们是来这里度假的吗？"亚当问道，他比比利个子稍微高一些。

"对，我们就住在之前的那家小酒店里。"妈妈回答。

"哦，那你们就是发现吊坠的那两个孩子吧？"长着一头金黄色头发的比利问道。

"我们就是。"哈里回答。听到所有人都这么问，他感觉非常自豪，安娜贝尔却在奇怪这件事怎么这么快就传得人尽皆知。

"那么那个吊坠现在在哪儿呢？"亚当把墨镜推到头顶，看着安娜贝尔和哈里问道。他和比利都穿着潜水服，他们面前的桌子上放着救援设备和望远镜。

"我们把它交给了博物馆里的女士。"哈里刚说完这一句，安娜贝尔就把他拽走了。

比利在他们身后喊道："你们找到那条秘密隧道了吗？"看到安娜贝尔和哈里头也不回地朝着潮池的方向走去，他和亚当哈哈大笑起来。

"安娜贝尔，别忘了十点钟之前带着哈里回来上冲浪

课，"妈妈对两个孩子喊道，"别迟到了！看着哈里，别让他爬礁石！我们在这里等你们！"

"你是觉得他们已经知道我们找到隧道了吗？"哈里一脸担忧地问安娜贝尔。

"我不知道，不过这么多人都知道吊坠的事情，还想要知道它现在在哪里，我总觉得这件事有些奇怪。图书馆里的男士和面包店里的男士都知道，现在，这两位救生员也知道。等一下，米粒这是要去哪儿？米粒，回来！快，哈里，跟着它，看看它要去哪儿！"

安娜贝尔看着他们的小黑狗跑过了一块块礁石，米粒肯定是闻到了什么气味，它好像朝着那条秘密隧道的方向跑了过去。安娜贝尔终于追了上来，哈里看起来兴奋不已，他就坐在他们之前摞石头的地方，米粒蜷缩在他的身旁。

"你绝对不敢相信，"哈里的眼中闪烁着激动的光芒，"那块巨石被人移开了，隧道的入口打开了！我们进去吧！"

"哦，我的天哪，这可真是一个好消息！你带头灯来了吗？"

"当然！"哈里已经把自己的头灯戴在了脑袋上，他把书包递给了安娜贝尔。

"好了，我们要确保不被人发现，"安娜贝尔说道，"一定不能发出太大的声音。米粒，你也是。"

米粒飞快地摇着尾巴，安娜贝尔觉得它已经快要把自己的尾巴摇掉了。她和哈里轻手轻脚地向隧道入口走去。和上一次他们来的时候一样，入口外的泥沙上仍然留有脚蹼的印迹。

"你看这些印迹，我们还能从这里看出那块巨石被移到了哪里。"安娜贝尔指着泥沙上的印迹小声说道。这里十分狭窄，她和哈里勉强挤了过去，借着头灯发出的光观察着里面到底是什么样子。穿过入口，他们来到了一个宽阔的洞穴。空气中散发着海水的味道，地上布满了泥沙和海草。再往前，洞穴变得越来越窄，看起来更像是一条隧道，不过，正如他们在伊莉斯的日记中读到的那样，这里虽然狭窄，但足以让马匹通过。洞穴里面非常昏暗，只有入口处有一些亮光，阳光从巨石被移开的地方洒了进来。两个孩子向前望去，看到脚下的泥沙到后面会变成岩石路面。

"看，安娜贝尔，这些脚蹼的印迹一直延伸到里面！"哈里指着地面小声说道。安娜贝尔的心剧烈地跳动着，生怕留下这些印迹的人会再次返回这里。两个孩子悄悄地跟着印迹朝一块礁石走去，米粒则在一旁嗅着每一个印迹的气味。

"哦，我的天哪！"走着走着，安娜贝尔发出了一声惊叹。

哈里也看到了眼前的一幕："潜水装备！这儿有两套气瓶、咬嘴、脚蹼和潜水镜。啊！你看那块礁石上的潜水服碎片！应该是有人在从那里经过的时候被礁石钩住了，衣服被扯坏了。"

两个孩子还注意到，地上的脚印一路向着位于洞穴后方的隧道延伸，最后消失在了前方的岩石路面上。

突然，安娜贝尔和哈里听到有声音传来，米粒低声吼叫起来。他们惊慌地环顾四周，想要找到一个藏身之地。幸运的是，潜水装备旁边的那块礁石正好又高又大，他们躲在后面就不会被人发现了。安娜贝尔摇了摇哈里，指了指他的头灯，还好，哈里及时把它关上了。在光亮消失前的最后一刻，安娜贝尔看到了哈里恐惧的眼神，她拉住了他的手，让他不要害怕，哈里也紧紧地抓住了安娜贝尔的手。安娜贝尔觉得，此刻，哈里肯定可以听到她的心跳声。留下脚印的人离他们越来越近，她的心脏在胸腔里怦怦怦地跳着。她用另一只手紧紧地抓着米粒的项圈，她不敢想象，如果米粒突然跑出去暴露了他们的位置，会发生怎样的事情。

"你怎么会把它落在那里呢？你个白痴！"一个男人的声音传来。

另一个男人说道："我不是故意的，我也不知道它是什么时候掉的！海滩咖啡馆的威尔逊太太说，那两个孩子应该是把它拿到博物馆去了，我们已经没法把它找回来了！"

"他肯定会非常生气的！"第一个男人说道，"我们遇上大麻烦了，都是那两个孩子搞的鬼！"

哈里用力捏了一下安娜贝尔的手，他们都知道那两个男人就是在说自己。安娜贝尔用一只胳膊搂住了哈里，同时安抚着米粒，让它不要发出声音。

"用不了几天，我们就可以搬完剩下的珠宝和金币了。别忘了，还有一些那个清单上的东西等着我们去找呢，那里面肯定会有几样可以让他开心起来的东西，而且，没有我们，他是不可能找到那艘沉船的。走吧，我们得回去上班了，不然大家会发现我们不在的。"

安娜贝尔和哈里听到了那两个男人跑步离开的声音和那块巨石被推回原位的声音。从入口处透进来的阳光一下子全部消失了，整个洞穴突然陷入了一片黑暗。

"我们被困在这里了，安娜贝尔，"哈里的声音听起来有些颤抖，"我们该怎么逃出去呢？"

安娜贝尔试图让自己保持冷静，可是她也想不到什么办法。他们该怎么逃出去呢？

第七章

困于黑暗

肯定有办法逃出去。安娜贝尔虽然害怕，但信念坚定。

"哈里，那两个人应该已经离开了。把你的头灯打开，我们去找找出口，这里肯定会有出口的。"

安娜贝尔觉得，自己如果能够表现得积极一些，哈里就不会那么害怕了。她已经打开了自己的头灯，可以看出，哈里也在努力鼓起勇气。

"我们试试看能不能推动这块巨石吧，哈里！"安娜贝尔提议。其实，上一次他们来海滩的时候就已经尝试过了，她知道这块巨石很难推动。

"不行，也许我们可以试一试拿脚踹？"哈里说道。

米粒在一旁汪汪叫着，给两个孩子加油打气，可是，这块巨石依然纹丝不动。安娜贝尔用头灯在洞壁上四处照着，直到灯光照亮了入口对面的隧道，她才终于意识到，原来答案一直都在他们眼前！

"我知道了！哈里，图书馆的那本书和伊莉斯的日记里都提到，这条隧道通往教堂。我们只需要沿着隧道往前走，就可以从那头逃出去了！"

哈里一下子抱住了安娜贝尔，长长地舒了一口气。他并不想让安娜贝尔看出自己内心的恐惧，但那实在是太明显了！

"你觉得那两个男人是谁，安娜贝尔？他们正在从沉船上偷运伊莉斯妈妈的珠宝和金币，我觉得他们就是为了这个才潜水的。"哈里指了指那些潜水装备说，"他们肯定是在往隧道里搬运物品的时候，不小心把那个吊坠掉在那里的。现在，他们的同伙非常生气。"

"我同意。你还记得我们从图书馆借的那本书吗？那里面有一个船上珠宝的清单，也就是说，在我们之前看过那本书的人都会知道有这么个清单，也会知道秘密隧道的事情。别忘了，图书馆里的那两位男士说那本书非常受欢迎。"

"安娜贝尔，所有生活在宝藏湾的人应该都知道秘密隧道的事情，他们只是不知道隧道的入口在哪儿，不过，清单的事情你倒是没有说错。你还记得那本书上全都是脏兮兮的指纹吗？那些潜水镜上肯定也留有许多指纹。如果我们能够将指纹匹配上，那就可以知道是谁在偷运珠宝和金币了！"

"哈里，你忘了我们还可以采集 DNA！用过那些咬嘴、潜水镜和脚蹼的人肯定会在上面留下 DNA。你还记得吗，包括人类在内的绝大多数生物都有 DNA，而且每一个人的 DNA 都是独一无二的。如果我们可以将潜水装备上的 DNA 和可疑人员的 DNA 匹配上，那就可以知道到底是谁干的了！"安娜贝尔已经难掩自己激动的心情，接着说道，"哈里，'DNA 小侦探'有新的任务了，我们要解开谜团，找出是谁在盗窃宝藏！"

安娜贝尔想要把这些思路全都记在自己的笔记本上，不过，现在时间紧迫，她还是等回去之后再补上比较好。她看了看哈里，发现他好像完全没有准备破案的兴奋，只是一脸困惑地在旁边挠着头。

"我不记得为什么那些人的 DNA 会留在潜水装备上了，我知道我们在妈妈的法医工作坊里利用 DNA 破案的时候学过这一点，你能再给我讲一下吗？"

"现在不行，哈里，我们得赶在那些人回来之前离开这里，我回头再给你讲，我保证。快，我们先来采集一些样本！你正好把我们的'DNA 小侦探'工具包带来了，真是太棒了！你还记得吗，我们可以从任何皮肤接触过的地方采集到 DNA。"

"我记得这一点！"哈里说，"我们还得戴上手套和口罩，防止样本被我们自己的 DNA 污染。"他递给安娜贝尔几副手套和一个口罩，"我们是不是还得穿上工作服？"

"我们是应该穿上，哈里，不过我想赶紧离开这里，所以我们只能冒一次险了。"

哈里从包里拿出了棉签，他们立刻开始从各处采集样本。米粒也想出一份力，它拼命地嗅着那些潜水装备。

"起开，米粒，我们在采集 DNA 样本呢！"哈里把米粒推到了一边。米粒夹起了尾巴，它不喜欢这种被排斥在外的感觉。

"你来说说 DNA 都会留在哪些地方吧！"安娜贝尔冲哈里微微一笑说道。

"咬嘴上的 DNA 在嘴巴咬的地方，潜水镜上的 DNA 在和脸部接触的地方，脚蹼上的 DNA 在内侧和脚产生摩擦的地方。"

"非常好，哈里。我来在袋子上做好标记，这样我们就能知道这些样本分别来自哪件装备了。我们把那个潜水服碎片也装进袋子，也许我们会发现有人穿着破损的潜水服，那这就可以成为一条线索了。那两副潜水镜看起来是干燥的，你能不能在上面撒一点儿可可粉，看看能不能采集到一些指纹？可以用妈妈的化妆刷把粉扫开。我来处理另一副潜水镜。"

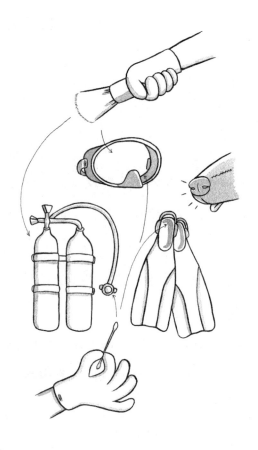

"我看到指纹了，安娜贝尔！"

"太棒了！用透明胶带把它粘下来，再粘到白色的卡片上，这样就能看清楚了。我们的动作得快一点儿！"

"你说，那两个人会是谁呢？"

"听他们说话的声音，他们应该是本地人，而且年纪都不大。"安娜贝尔边说边迅速把样本装进了袋子。

"他们说，得趁没有被发现之前回去上班，所以他们肯定是在这附近工作的。"哈里补充道。那两个神秘的年轻人到底会是谁呢？各种猜测在他的脑海里飞速盘旋，他们已经在宝藏湾见到好几个符合这一描述的人了。

"走吧，哈里，证据全都收集好了，我们该离开这里了，跟我来！"安娜贝尔说完，便以最快的速度向位于洞穴后方的隧道跑去。她用头灯照亮了前方的路，以免在黑暗中跌倒。米粒一边汪汪叫着一边低头嗅着地面，跟在安娜贝尔后面拼命地摇着尾巴。哈里没想到安娜贝尔居然可以跑得这么快，平时，他总是想跑在最前面，但这一次，他只是老老实实地跟在安娜贝尔后面在隧道中穿行，相信她可以带着他们找到出口。

这条隧道蜿蜒曲折，有时会先来一段下坡路，然后渐渐转为上坡。隧道两旁的墙壁上散发着潮气，一股难闻的霉味取代了入口处那种咸咸的味道。安娜贝尔和哈里可以听到水从裂缝中滴下来的声音，在滴水积聚的地方，路面泥泞不堪。终于，正如伊莉斯在日记中描述的那样，他们来到了一扇破旧的木门跟前。

"安娜贝尔，试试看这扇门能不能打开！"哈里说道。

安娜贝尔轻轻地推了一下门，感觉门后面挡着什么东西，于是又使劲推了推。门渐渐打开了，他们发现门后面挂着一块巨幅挂毯。

"这肯定是用来遮挡入口的。"哈里小声说道，他伸着脑袋环顾了一下四周，"快，安娜贝尔，这里没有其他人。"

安娜贝尔跟着哈里穿过木门之后，他们两个不约而同地抬起了头。"看，那就是钟楼里的钟，和伊莉斯说的一样！我觉得我们应该可以从这扇门出去。"哈里推开了房间里的另外一扇门——这是他们唯一的出口了。他们两个一心想要赶紧逃出去，回到海滩上，跑着跑着不小心撞到了一张桌子上。

"安娜贝尔！看看你干的好事！"

"不是我干的。你把什么撞掉了？"

"看起来像是访客登记簿。快，把它放回去，我们赶紧走！"

安娜贝尔和哈里以最快的速度穿过教堂，跑到了大门口。

"等一下，哈里，那儿有一个人！"安娜贝尔伸出胳膊，拦住了正想往外跑的哈里，生怕那个人会发现他们。她用另一只手拽住了米粒。

"是一位女士，看起来年纪很大了。没事……我觉得她应该和那些窃贼没有什么关系，她好像正在面对着大海的那座坟墓前献花。我们偷偷溜出去，她是不会发现我们的。我们走吧，否则该赶不上冲浪课了！"安娜贝尔和哈里带着米粒跑出了教堂的院子，然后沿着小路一路向海滩飞奔而去。

***

"你们两个终于回来了！"妈妈大声喊道，"来见见我的朋友宝拉和她的孩子们。这是乔希，他今年9岁，和你差不多大，哈里。这是埃莉，她11岁，和你一样大，安娜贝尔。你们跟着他们俩走，他们会带你们去冲浪中心，告诉你们去哪儿换潜水服。快去吧，我觉得冲浪课已经快要开始了！米粒就交给我吧，它今天不去冲浪！"

安娜贝尔朝埃莉笑了笑，一见到她，安娜贝尔就想起了自己的好朋友伊西。她和伊西一样，都长着棕色的头发，鼻子上都有几颗小雀斑，还都身材高挑。

"跟我来！"埃莉说。此时，哈里已经和乔希聊起了足球。安娜贝尔知道，他们肯定会成为非常要好的朋友！

"这儿就是更衣室，你们去吧，我们已经换好潜水服了，就不进去了，我们到外面等你们！"埃莉和乔希向安娜贝尔和哈里挥了挥手，然后转身向外面走去。正要走进更衣室时，安娜贝尔注意到了一样东西，她激动地戳了戳哈里。

"怎么了？"哈里有些恼怒地问道，他不喜欢有人戳他。

安娜贝尔指了指挂在更衣室门口的潜水服，那上面有一个破洞："哈里，把那个潜水服碎片拿出来，我来比对一下。"那个潜水服碎片就像一块拼图一样，正好可以塞到破洞里面，严丝合缝，"也就是说，我们刚才在那条秘密隧道里碰到的其中一个人现在就在冲浪中心里面!"安娜贝尔喜出望外,他们又向成功找出窃贼迈出了一大步!

"可是,这也不能说明什么,我感觉每一个住在宝藏湾的人都会来这里冲浪。"哈里说道,"我今天早晨站在窗边眺望的时候,就看到已经有很多人到这里来了。"

听到哈里的这番话,安娜贝尔露出了失望的表情。

过了一会儿,安娜贝尔和哈里换好了潜水服,向海

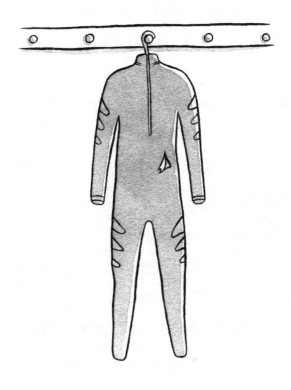

滩走去，准备去上冲浪课。半路上，他们看到两个人正在和那位牧师说话。

"他们是谁？天哪，那位牧师看起来非常愤怒！"哈里说道。

"你知道那两个人是谁吗？"安娜贝尔问埃莉。他们可能就是走私隧道里的那两个人。

"那是亚历克斯和彼得，是一对双胞胎，"埃莉回答，"他们是冲浪学校的教练，今天就是由他们来给我们上课。他们上课非常有意思，你们一定会喜欢他们的！"

"可能并不会。"安娜贝尔心想，不过，看来埃莉和乔希觉得他们是非常好的教练。

"那位牧师是对所有人都这么凶巴巴的吗？"安娜贝尔又问道。

"是的，他对所有人都这样！他经常发脾气，我也不明白他为什么会想当一名牧师。没有人会想要惹到他，我觉得那两兄弟肯定是做错什么事了！"

"他特别不喜欢我们，"哈里说道，"总是恶狠狠地瞪着我们，可是我们明明什么都没有干。"

"这很正常。"乔希笑了起来，"有传言说，很多年前，他的高祖父也是一名牧师，曾经帮助劫船者在教堂中藏匿赃物！"

安娜贝尔和哈里对视了一下。

"也许乔希说的那位牧师就是伊莉斯在日记里提到的那位教区牧师。"安娜贝尔小声对哈里说，哈里点了点头表示认同。他们看着那位牧师怒气冲冲地离开，冲着救生员嚷了几句什么，然后就往教堂的方向走去了。

"各位，不好意思！今天由我们来为大家上冲浪课。"那对双胞胎中的一个开口说道。他们两个人长得一模一样，实在很难将他们区分开来。

他们当中的另一个人对安娜贝尔和哈里说道："我没有见过你们两个，你们是来这里度假的吗？"

"是的！"哈里大声回答。

"等一下，你们就是发现吊坠的那两个孩子吧？这真是太不可思议了！你们是把吊坠交到博物馆去了吗？他们还会把它还给你们吗？"

"希望吧，"哈里说，"我觉得那个吊坠真的是个宝贝。"

"天哪，"安娜贝尔在心里想，"又有人知道吊坠的事情了。目前为止，已经有图书馆里的男士、面包店里的男士、救生员和冲浪教练知道了，而且有意思的是，他们都很年轻，都带有本地口音，都在这里工作，还似乎都对那个吊坠非常感兴趣。他们是都会来这家冲浪俱乐部吗？如果是的话，那他们就都有嫌疑。"

在双胞胎教练讲解如何在冲浪板上站起来的时候，安娜贝尔一直在想着他们收集到的那些证据。他们已经知道，只要在他们之前看过那本书的人就可能会了解沉船上有哪些宝藏。他们在那本书上发现了许多脏兮兮的指纹，还从潜水装备上采集了 DNA 样本。想到这儿，她记起来自己还得给哈里解释为什么 DNA 会留在潜水装备上面。现在，他们只需要采集到可疑人员的 DNA 和指纹就行了，如果他们可以将可疑人员的 DNA 和指纹与他们采集到的样本匹配上，那就可以确定是谁在盗窃沉船上的宝藏了。

可是，他们怎么才能采集到可疑人员的 DNA 和指纹呢？"DNA 小侦探"这下可遇到难题了。也许，他们能从日记里找到更多有用的线索。安娜贝尔希望这堂冲浪课可以快点儿结束，这样她和哈里就可以一起来想办法了。她向旁边看了看，其他人都已经拿着冲浪板准备下水了，看来，她只能再多等一会儿了。

第八章

可疑人员

"再见！"安娜贝尔和哈里向他们的新朋友用力挥了挥手，和他们道别。宝拉带着乔希和埃莉离开了海滩。

"谢谢你邀请他们过来，"安娜贝尔对妈妈说，"和他们一起玩儿非常开心。我很喜欢冲浪这项运动，也很喜欢我的那块冲浪板，亚历克斯说它叫'趴板'，比其他冲浪板要小一些，你需要趴在上面冲浪，真是太有意思了！过来，米粒，你想我们了没有？"米粒跑了过来，在安娜贝尔身上嗅了嗅，然后舔了舔她的脸。

"它肯定是觉得你身上太脏了！"妈妈大笑着说道，"哈里，你现在好点儿了吗？"

"我很好，谢谢，那其实是我设计好的动作！"哈里辩解道。他太心急了，坚持要用常规冲浪板，结果失去平衡，从板上摔了下来，被一道刚好打过来的浪卷到了海里。回到岸边后，他在那里咳个不停，所有人都哈哈大笑起来，把他气得够呛。

"这没什么的。看，爸爸给你们带了一些午餐来，有热乎乎的香肠卷，还有你们的最爱——甜甜圈！"妈妈想要给哈里一个大大的拥抱，希望这样可以让他开心起来。

"妈妈！别这样！我已经不是小孩子了！"哈里说，"这样会被别人看到的！"

安娜贝尔看出了哈里不是很情愿。她用一只手抓住了他的胳膊，另一只手拿起了他们的午餐。

"我们去潮池那边玩一会儿，很快就回来！"她一边喊着，一边拽着哈里跑开了。米粒跟在他们后面跑了起来，它知道，只要做出"饥饿"的表情，两个孩子就无法对自己说"不"了，它很快就可以用热乎乎的香肠卷和甜甜圈填饱自己的小肚子了，那些大人不是很容易上它的当！

"谢谢你带我逃离了妈妈的拥抱！"哈里对安娜贝尔微微一笑说道。他从袋子里拿出了一个大大的香肠卷，它还是热乎乎的，真是太美味了！

"我们需要制订一个计划来采集可疑人员的 DNA 和

指纹。"安娜贝尔紧接着说道，"我的笔记本在你的包
里吗？"

"当然。"

安娜贝尔拿过哈里的书包在里面翻找起来，最后终
于找到了她的笔记本："好了，首先，我们的可疑人员都
有谁？"

"肯定有图书馆里的男士，还有面包店里的男士和救
生员，当然，还有冲浪俱乐部里的双胞胎教练。我想不
到其他人了。"对哈里来说，边吃东西边思考是一件天

大的难事！

　　"等一下，"过了一会儿，他接着说道，他的嘴里还塞得满满当当的，"那位牧师是吗？我们遇见他的时候，他总是一副很生气的样子，我觉得他非常可疑，而且，乔希还告诉我们，他的高祖父与劫船者有来往。"

　　"可这并不能说明他也与劫船者有来往，而且，所有人都说他确实脾气不太好。不管怎么说，我们在秘密隧道里遇见的肯定不是他，他年纪很大了，而我们遇见的那两个人的声音听起来都还很年轻。"安娜贝尔一边说，一边掰了一点儿香肠卷给米粒。

"有道理。现在，我们需要采集到他们所有人的DNA和指纹，对吧？"哈里说道。

安娜贝尔在笔记本上列出了所有的可疑人员，然后另起了一列，写上了"DNA 和指纹"几个字。"我们需要从秘密隧道里采集哪些样本来进行比对？"她拿着笔问道，"再跟我说一下我们已经采集到哪些样本了吧，哈里！"

"好！"哈里掰着手指头数着，"我们已经从咬嘴、潜水镜和脚蹼上采集了DNA 样本，还需要采集那本书上的指纹。你现在能给我讲一下为什么人们的 DNA 会留在那些潜水装备上面了吗？"

"好的，不过，你不要再在我跟前吧唧嘴了。"安娜贝尔说完，哈里朝她做了一个鬼脸，然后向后退了几步。安娜贝尔回想了一下妈妈在 DNA 工作坊里教给他们的东西，想了想该怎么学着妈妈的样子给哈里解释，"你记得你的'星球大战'迷你战队系列机器人乐高模型吧？你需要根据里面的说明把它拼装起来，而 DNA 就是建构人体的说明指令，是我们自己的一套拼装说明。为了避免损坏，人们会把乐高玩具放在盒子里，我们的

DNA 则被保护在一种特殊的包裹里面，这种包裹就叫作'细胞'。细胞遍布我们的身体内外，在我们的整个身体中，一共有 37 万亿个细胞！"

"这怎么可能！"哈里惊讶得倒吸了一口气。

"你可以想象一下，37 万亿秒大约是 1167202 年，这是多么庞大的一个数字啊！细胞非常小，只有用显微镜才能看到。"

"这真是太神奇了！"

"没错，这些也是我听妈妈讲的。"安娜贝尔接着说道，"我们的皮肤就是由这些包含着 DNA 的细胞构成的，在我们接触物品时，一些包含着 DNA 的细胞会脱落下来，DNA 就会留在这些物品上面了。我们的头发、头皮屑、尿液、粪便、血液、鼻涕、唾液也和皮肤一样，都是由包含着 DNA 的细胞构成的。"

"太好了，还好那些窃贼没有留下粪便和鼻涕！那也太恶心了！"

"是啊！可以说，我们不管做什么都可能会留下DNA，而且每一个人的 DNA 都是不同的。"

"同卵双胞胎除外！他们的 DNA 是相同的，但是指纹不同。"哈里得意扬扬地说道，他很庆幸自己还没有忘记这个知识点，"总而言之，那些窃贼在咬嘴、潜水镜和脚蹼上留下了他们的皮肤细胞，所以我们可以从上面采集到许多 DNA 样本。"

"完全正确！他们可能还在咬嘴上留下了唾液，那里面含有的口腔细胞也是 DNA 的一大来源。"

"那么现在，我们只需要制订一个计划，采集到可疑人员的 DNA 就可以了。"哈里一边思考，一边咬了一口甜甜圈，米粒以为哈里是要给它甜甜圈吃，于是快步走上前去，"起开，这是我的！"哈里笑着说道。

"我们已经知道 DNA 和指纹会留在哪里了，现在我们只需要拿到可疑人员的物品就行了，比如衣服、用过的水杯和纸巾……总之就是他们接触过的一切！你可以想办法去转移一下他们的注意力，哈里！"

"没问题，我非常擅长这件事！不过，我们上次擅自采集 DNA 样本惹出了不少麻烦，你还记得吗？"哈里说道。他不想再闯什么祸了，要是闯祸的话，妈妈可能会把平板电脑没收的，哈里在上面装了一个特别好玩儿的足球游戏，他可不想让妈妈把平板电脑收走！

"嗯，我记得……不过，这次事态紧急，那些人正在偷运伊莉斯妈妈的珠宝，我们得帮助伊莉斯，把那些珠宝还给她的家人。现在的问题是，我们没法像之前那样去妈妈的实验室里处理 DNA 样本了。"

安娜贝尔的脑海中浮现出了妈妈在花园里的那间实验室，想到这个画面，她不由得露出了微笑。她喜欢在那间实验室里帮妈妈处理各种样本，她和哈里甚至还有自己的工作服。眼前的这个问题有些棘手——没有了那间实验室，他们怎么才能提取出 DNA，拿到分析结果呢？

"我想到办法了！"突然，安娜贝尔激动得跳了起来，差点儿把袋子打翻，还好她及时扶住了袋子，里面的甜甜圈才没有掉进潮池，"妈妈正在采集本地人的 DNA 样本，为后面的研究做准备。你还记得吗？她想要通过这些 DNA 样本，探究康沃尔郡本地人的祖先是凯尔特人、盎格鲁－撒克逊人，还是来自其他民族。乔希和埃莉就是康沃尔郡本地人，他们家从很多代之前就开始生活在这里了，我们可以假装从乔希、埃莉和他们的妈妈身上采集样本，然后把他们的样本换成我们自己计划采集的样本，怎么样？我们还可以问问乔希和埃莉有没有其他康沃尔人朋友，也从他们身上采集一些样本，这样，样本的数量就足够多了，我们就可以把所有计划采集的样本都偷换进去了，妈妈是不会发现的！我见过妈妈已经拿到的样本结果，是一张图谱。我们只需要将潜水装备的 DNA 图谱和可疑人员的 DNA 图谱进行比对，看看能否匹配得上，就可以知道窃贼到底是谁了！"

哈里听完，手舞足蹈起来，安娜贝尔看到他搞笑的样子，不禁哈哈大笑。米粒也一下子蹦了起来，融入了这个欢乐的氛围中。

"我们想出办法了！"哈里兴高采烈地喊道。

"嗯……"安娜贝尔在心里嘀咕，"是'我'想出办法了！"不过，想到哈里刚刚被那么多人嘲笑的时候有多么沮丧，她决定保持沉默。

***

安娜贝尔和哈里完全没有想到他们的计划会进行得如此顺利！乔希、埃莉和宝拉都非常愿意参与到妈妈的研究项目当中。这天下午，安娜贝尔和哈里帮妈妈从他们身上采集了样本。他们用棉签在他们三个人的口腔里刮了刮，然后把棉签放进了一支特殊的试管。妈妈还让他们三个人填了一张表，说明自己自愿参与样本采集。

"口腔里的细胞是 DNA 的重要来源！"哈里用所有人都能听得见的音量说道。安娜贝尔没有想到他居然记

得这么多他们之前在海滩上聊到的内容，她可以看出，妈妈也很为哈里感到骄傲。之后，他们又走访了许多乔希和埃莉的朋友和邻居，他们也都是康沃尔人，在听说了妈妈正在做的研究之后，也都非常想要提供自己的样本。看样子，所有人都很想知道自己到底是凯尔特人还是盎格鲁－撒克逊人的后裔！

"看，哈里！"吃下午茶的时候，安娜贝尔指着放在厨房里的样本说。

"谢谢你们帮我采集样本，"妈妈开口说道，"有了这些样本，我们就可以完成研究了。明天下午，我会把它们送到大学进行分析，星期四之前，我们应该就可以拿到初步的结果了。"

安娜贝尔意识到，这样一来，留给他们替换样本的时间已经不多了。他们得尽快行动，明天一大早，就得去采集可疑人员的样本。今晚睡觉之前，他们还得再接着读一读伊莉斯的日记，不知道那里面还会有什么其他线索。安娜贝尔已经等不及了。就在这时，她刚好捕捉到了哈里的目光，显然，他也在想着同样的事情。安娜贝尔难以按捺自己激动的心情，差点儿直接从椅子上跳了起来。"睡前时光，快点儿到来吧！"她在心里祈祷。

第九章

秘密隧道

"**把**那本日记拿出来,安娜贝尔!"哈里在跑上楼的时候小声说道。他们再次坚持要自己回屋看书,爸爸妈妈看起来非常高兴,因为这样他们就可以坐在楼下好好休息一下了。安娜贝尔把手伸到枕头下面,在摸到那本日记的皮质封面时,她舒了一口气。

她把日记翻到他们昨晚读到的地方,接着往后读了起来:

1881 年 3 月 20 日, 星期日

我知道那些人正在密谋什么。从早到晚,一直有不同的人过来找亨利,每一次,我都能从门外听到屋里激烈的讨论声。上床睡觉前,我在拖地的时候听到他们都聚集在酒吧里,为今晚的行动制订着

计划。他们得到消息，有几艘船正在海岸附近行驶，我还能感觉到，一场暴风雨即将来临。今晚，我要跟着他们，看看他们到底会做些什么。

我听到了吧台椅在地面上摩擦的声音，动静越来越大，看来，他们准备要出发了。我立刻去换了衣服，想要赶紧跟上去。在换连裤袜的时候，我瞥见了自己的脚。千万不能让这家人看见我的脚，因为我的左脚有六根脚趾，他们要是看见了，肯定会把我当成魔鬼的！我生来就有六根脚趾，我的妈妈和外婆都是如此，在我们看来，这没有什么不正常的，但是我感觉，这家人肯定会认为这是一种诅咒。我必须时刻留心，一定要把自己的脚遮好，如果他们把我赶出去了，我就无家可归了，到那时，我该怎么生活下去呢？

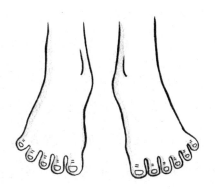

　　我蹑手蹑脚地走下楼梯，没有发出任何声响，我知道哪几级台阶踩上去会嘎吱作响，需要避开。我听到他们的声音从厨房里传了出来。我在黑漆漆的过道里面等着，直到屋里安静下来，才慢慢地转动把手，打开了厨房的门。厨房里面空无一人，听不到任何响动，我知道，他们肯定已经全都去到隧道里面了。我见过他们走进那条隧道，在此之前，我从来没有鼓起足够的勇气去跟踪他们，可是现在，我想要知道答案，我想要知道他们是如何引诱爸爸的船只触礁的。我把手伸到壁炉后面，往左边摸了摸，那里的墙上有一个小口，我知道，他们会把一把备用钥匙藏在里面。

读到这里，安娜贝尔停了下来，转头看向哈里："哈里，他们还有另外一条隧道，我觉得应该没有人知道这条隧道的事情！没有哪本书里提到过它，大家只知道那条从海滩通往教堂的隧道。现在，这座度假屋里只有一个壁炉，是放在客厅里的，也许现在的客厅就是以前的厨房！"

"确实有可能！我好想赶紧去看一看啊！接着往下读吧，安娜贝尔，我想知道伊莉斯还说了什么关于这条隧道的事情！"哈里已经兴奋得快要坐不住了！

安娜贝尔继续读了起来：

我走到壁炉左侧的墙壁跟前，小心翼翼地移开了底部的护墙板——住进来之后，我见到那些人这样做过。我从壁炉台上拿了一根蜡烛，把它举在手里，然后穿过狭窄的入口，把护墙板移回了原位，这样就不会露出马脚了。我放慢脚步，轻手轻脚地走下壁炉后面的旋转楼梯。这里的台阶经过多年使用，已经严重磨损，变得高低不平，这段楼梯肯定承载了许多故事！

之前，我从来不知道旋转楼梯的下面是什么，不过，既然他们藏着一把钥匙，那底下肯定还有一扇门。果然，我走下楼梯后就看到了一扇门，这是一扇破旧的木门。我用那把钥匙打开了它，然后把钥匙装进了口袋。我可以听到那些人就在前方，他们的声音在隧道里回响着。我知道，他们是不会沿着这条路往回走的，至少现在不会——他们的任务还没有完成！我跟在那些人后面穿过隧道，尽量不发出任何声音。所幸，我的斗篷是黑色的，可以完美地融入这一片黑暗，在必要的时候，我还可以立刻吹灭手中的蜡烛。

我检查了一下口袋里的钥匙，然后摸了摸我的硬币祈求好运，就是爸爸给我的这枚硬币帮助我在"海伦娜"号出事的那一天安全脱险。我希望今天晚上，它能够继续保佑我平安。在跟着那些人穿过隧道之后，我发现它还连接着另外一条隧道。我敢肯定，在"海伦娜"号出事的那晚，他们带我走的就是这条隧道。

　　我觉得这条隧道是从海滩通往教堂的。我回头看了看刚刚穿过的那条隧道，发现如果你从海滩的方向走来，是不可能看见它的。通往酒店的那条隧道位于这条隧道最后面的拐角处，你只有知道它的位置，才能够找到它。我必须记住该怎么回到刚刚走过的那条隧道。从这个岔路口向左边拐去是通往教堂的隧道，我得牢记这一点，否则就找不到回去的路了。在快要走到海滩的时候，隧道的前方出现了一个宽阔的洞穴。弥漫在空气里的霉味变成了大海的咸味，不过，寒意和湿气依然没有退去。一块巨石挡住了隧道的入口，大风透过巨石周围的缝隙吹了进来，暴风雨正在外面肆虐。那些人停了下来，他们手里的马灯照亮了四周的黑暗，我看到亨利·南斯正站在那块巨石旁边。有两个人把巨石推到一旁，打开了前往海滩的通道，外面的狂风呼啸而至。他们已经抵达海滩了，亨利站在入口处，把望远镜举在眼前，向大海的方向眺望着。

　　"啊嘿，一艘船！把这盏马灯放到礁石上！该开始行动了，弟兄们！"亨利兴奋地摩拳擦掌。我看到两个人拎着一盏形状非常奇特的马灯向前方跑去。这盏灯的前端有一个长嘴，灯光只会向正前方投射，不会照亮左右两侧。

"这就是'长嘴灯'，安娜贝尔，"哈里开口说道，"和我们在博物馆里见到的那盏一样。"

"我也这么觉得，"安娜贝尔表示同意，"等等——接下来是关键情节。"说完，她继续读起了日记：

　　那些人跑到海滩上，藏在了礁石后面。我蹑手蹑脚地走到了入口处，想要看清他们的一举一动。就在这时，大风吹灭了我手中的蜡烛，现在，我再拿着这根蜡烛已经没有什么用了，于是，我把它扔在了地上。我向大海的方向望去，看到那艘船正掉转船头，朝着海滩的方向驶来。我看到了那些人放在礁石上的那盏马灯，它发出的光十分耀眼。那艘船上的人肯定像"海伦娜"号的船员一样，以为自己找到了可以躲避暴风雨的安全港湾。

　　我想要大声喊出来，提醒他们不要靠近，但是在狂风的怒号声和海浪的拍打声中，他们根本听不到我的声音。我能够做些什么？算了，一切都已经晚了，那艘船已经撞上水下的礁石，开始向一侧倾斜。海滩上的那些人听从亨利的指令划着小船向正在沉没的触礁船只靠近。他们很快就登上了那艘船，我看到他们将船上的货物搬到了自己的小船上。没过多久，他们就划着小船回到了岸边。我趁他们还没有发现我在跟踪他们，赶紧跑回了隧道里面。就在这时，我听到从悬崖边传来了喊声和枪声。我惊恐地抬起头，向海滩上方的悬崖望去，发现有许多人站在那里，从衣着可以看出，那些都是海关人员。看来，亨利已经暴露了，他们是来将他的团伙捉拿归案的。

听到这些声响，海滩上的那些人警觉起来。他们趁海关人员从悬崖上下来的工夫，带着那些货物向岸边的隧道跑来。我的耳朵里充斥着枪声，呼吸里全都是火药的味道。我害怕极了。我向隧道里面跑去，不过，没有蜡烛，我很难看清自己逃跑的方向。所幸，外面的海滩上，太阳已经开始慢慢升起，一小束阳光从隧道入口射了进来。我勉强看清了前方的路，以最快的速度向洞穴后方跑去，可是，再往前，隧道变得越来越窄，这仅有的一缕光线也消失不见了。

在一片漆黑当中，我听到亨利手下的那些人叫嚷着跑进了隧道入口。我用两只手扶着墙壁往前走，锋利的礁石一路向前延伸，突然，我摸到了一处凹陷，这里有一个小洞。我轻手轻脚地钻进这个礁石上的小洞，没有人会发现我藏在这里。我蹲下身来，躲藏在黑暗中，连呼吸声也不敢发出。我听到了那些人砰砰的脚步声，他们正拼尽全力把赃物拖进隧道，马灯发出的亮光在隧道的墙壁上摇曳着。他们全都累得上气不接下气，言语中流露出了他们心中的恐惧。海关人员已经离他们很近了，正拼命在后面追赶着，我觉得那些人肯定会被抓住。接下来会发生什么呢？我知道他们将会受到严惩。没错，我很害怕亨利，但是他收留了我，我也不想让他们被抓住，可是此刻，我什么都做不了。

我感觉时间已经过去了很久，我一直蹲在那里等待着。就在我准备离开这个礁石间的藏身之地时，又一阵脚步声和说话声传进了我的耳朵。

"他们在哪儿？我们已经到教堂了，可是这儿并没有他们的踪影。""别告诉我他们已经逃走了，他们应该无路可逃啊！我们再搜查一下墓地，跟我来，我们必须要抓住他们！"看来，亨利和他手下的人已经逃走了，这真是令人难以置信。当然，我很清楚，他们肯定是沿着秘密隧道逃回了小酒店，如果不知道那条隧道的位置，你是绝对不可能找到它的。现在，那些海关人员已经离开，我不能再待在这条隧道里面了。我不敢沿着隧道跑回酒店，前往海滩应该是我此时的最佳选择。那艘船肯定很快就沉没了。我沿着小路从海滩往回走的时候，已经完全看不到它了。

我轻手轻脚地溜回了酒店，没有被人发现，那些人早就离开了。我偷偷爬上了床，希望没有人进过我的房间，发现我刚刚不在这里。我把手伸进口袋摸了摸，那把钥匙还在里面，可是我的幸运硬币不见了。我又使劲往口袋里面掏了掏，还是没有——肯定是我躲在小洞里的时候把它弄丢了。我真的把它弄丢了吗？我的运气已经用光了吗？我不敢把钥匙还回去了，要是被亨利发现了，他可能会认为是我把他这次的劫船计划透露给海关人员的。

我知道窗户下面有一块松动的地板，我移开那块地板，把钥匙藏了进去。

一觉醒来后，我听到亨利在吹口哨，看来，他今天心情很不错。我向窗边看去，发现窗外的小雕塑是面朝外放置的。那是一个手形雕塑，一根手指上戴着一枚戒指。如果雕塑的掌心面向窗户，那就说明"两手空空，一无所获"；如果戒指面向窗户，那就代表着"戒指到手，收益丰厚"。这简直是太不可思议了——亨利的团伙不仅逃脱了抓捕，还成功把盗窃的货物运了回来！

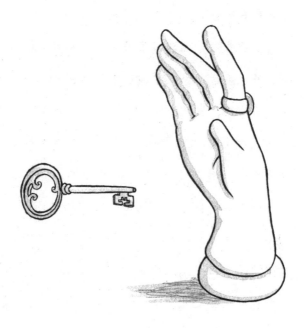

"啊，我的天哪，怎么会有这样的事情！"哈里发出惊叹，"居然还有第二条隧道！我想知道那把钥匙是不是还在地板下面！"

"我们如果能找到第二条隧道和伊莉斯藏身的那个小洞，也许就能找到她的幸运硬币了，那肯定会是一个激动人心的大发现！"安娜贝尔一边说，一边在脑海里想象着所有的可能性。

"那我们就找找看吧！"哈里话还没说完就往窗边走了过去。安娜贝尔闭上了眼睛。这么多年过后，那把钥匙还会藏在那里吗？她连想都不敢想。哈里把一支笔插到了窗户下面地板之间的缝隙里。天哪，真的有一块地板是松动的！他缓缓移开地板，伸长了脖子往下面看去。那把钥匙还会在那里吗？

第十章

地板下面

"**不**在这里，安娜贝尔，我没找到钥匙。"哈里的声音听起来有些沮丧，他真的以为自己可以找到那把钥匙。

"你起开，我来找找看。"

安娜贝尔知道哈里肯定会采用他的标志性搜寻方法——快速扫一眼就认定里面没有东西，然后喊妈妈过来帮忙。安娜贝尔把手伸到了地板下面，左摸摸，右摸摸。在把手伸到最远端的时候，她终于摸到了一个金属物件，和一把钥匙差不多大小。她立刻抓住它，把它拽出来，举到了卧室的灯光下面。她一直在心里祈祷着，希望这就是她想要找的那个东西。

"就是那把钥匙！你找到它了！"哈里激动地抱住了安娜贝尔，"我怎么就没有找到呢？"他一脸疑惑地问道。

安娜贝尔翻了一个白眼，然后发出感叹："我简直不敢相信我们找到这把钥匙了！这真是太令人激动了！既然我们已经找到钥匙了，那下一步我们就该去寻找第二条隧道了，我们没准儿还能找到伊莉斯的幸运硬币呢！"

"好主意！"哈里说着就准备往屋外走去，安娜贝尔一把抓住了他衣服上的帽子。

"现在还不能去，爸爸妈妈就在客厅里，而且，我们需要先采集到可疑人员的 DNA 和指纹，趁妈妈把样本送走之前把我们的样本替换进去。我把钥匙放在这个抽屉里，这样就不用担心会被其他人拿走了，我们之后会用到它的！"

"你说得对，我已经完全忘记样本的事情了，光顾着想那条隧道了！"

"真的，哈里，我真的完全想不到还会有第二条隧道！"安娜贝尔笑着说道，"我们一起来检查一下采集指纹和 DNA 的工具是不是都装好了吧！我念到一样东西，你就把它从书包里拿出来放到床上，这样就可以确保不会落下什么东西了。"哈里点了点头，把书包拿了过来，安娜贝尔开始念了起来，"工作服、手套、口罩、用来装样本的三明治包装袋、可以在袋子上写字的笔、棉签、剪刀、透明胶带、可可粉、白色卡片、湿纸巾，还有妈妈的化妆刷。"

"没问题，全都在这儿！不过，我们不能穿工作服，也不能戴口罩，否则大家就都知道我们要干什么了！"

"哦，没错！我没有想到这一点。那我们就只戴手套，不过，一定要小心些，千万不要把样本弄脏了。我们已经把那本书从图书馆里借出来了，等回来后再采集上面的指纹就行。哈里，你能说服妈妈带我们去图书馆吗？"

"简单！看我的吧！"哈里昂首阔步地走进了厨房，妈妈正在那里准备明天的早餐。安娜贝尔知道，过不了多久，他们就可以出发去图书馆了，这对哈里来说简直就是小菜一碟！

***

安娜贝尔和哈里欣喜地发现，今天，图书馆里非常安静。图书馆的电动门唰的一下打开了，哈里一眼就看到了其中一位男士："看，安娜贝尔，那位戴眼镜、长雀斑的男士就坐在那边的电脑前面。我们过去观察一下，看看他都触碰过哪些东西，然后就可以决定从哪里采集样本了！跟我来！"

安娜贝尔跟着哈里朝那张电脑桌后面的书架走去。

他们透过书架的缝隙观察着那位男士的一举一动。妈妈没有和他们走在一起，她想去找一本关于本地历史的书看看。

"看，他用手指碰了电脑屏幕，他肯定在上面留下了指纹！他还在咬笔，我们需要拿到那支笔！哈里，你能去转移一下他的注意力吗？"

"当然没问题，我可是这方面的行家！看我的！"哈里走到那张电脑桌跟前，对那位男士说了几句什么，那位男士二话没说就跟着哈里向图书馆的另一头走去。

"机会来了！"安娜贝尔心想。她环顾了一下四周，附近一个人也没有，于是，她迅速戴上手套，小心翼翼地捏着那位男士没有咬过的一头，把那支笔从桌子上拿起来，装到了一个袋子里面，然后在袋子上注明了"图书馆男士1号，戴眼镜"。

接下来，她要按照妈妈在DNA工作坊里教给他们的方法采集指纹，他们在隧道里的时候也是用这个方法来采集指纹的：她拿出一个袋子，往里面倒了一些可可粉，用化妆刷在袋子里蘸了一下。把可可粉撒满整个电脑屏幕有些困难，好在，她刚才在观察那位男士的举动时注意到，他的手指碰过屏幕的左下角。果然，在那里刷上可可粉之后，一个指纹完美地呈现出来。安娜贝尔又看了看周围，确定没有人靠近，然后剪下一段透明胶带，小心翼翼地把胶带粘在指纹上，再慢慢地揭开，这样，指纹就从电脑屏幕上转移到透明胶带上了。她把这段胶带粘在一张白色卡片上装进了袋子，方便回去之后再仔细观察。最后，她用湿纸巾擦去了洒落在桌子和电脑上的可可粉，以免被人发现。现在，她该去找哈里，把自己成功采集到指纹的消息告诉他了。

就在这时，她看到了第二位男士，也就是那位长着姜黄色头发的男士，他正忙着把归还的图书摆回书架。那位男士看到了安娜贝尔，朝她招了招手，安娜贝尔也向他挥了挥手。咦，哈里去哪儿了呢？终于，安娜贝尔在儿童读物区发现了他的身影。

"你过来了啊！"哈里抬起头，朝安娜贝尔微微一笑。他身边堆着一大摞书，那位男士正在帮他找什么东西。

"他这是在找什么？"安娜贝尔轻声问道，她很想知道哈里是用什么借口把他引过来的。

"我说我想要找一本罗尔德·达尔的书，但是不记得书名是什么了。他们这里有好多罗尔德·达尔的书！"

听哈里说完，安娜贝尔露出了微笑，这时，哈里大声喊道，"等一下！"他从那一摞书里抽出了一本《小乌龟是怎样变大的》，"我要找的就是这一本！"

"很高兴你找到了想找的书，"那位男士说道，"如果还有什么我能帮上忙的地方，尽管告诉我就好。对了，他们把那个吊坠还给你们了吗？"

安娜贝尔和哈里交换了一个眼神。

"还没有。"安娜贝尔边说边拉着哈里走开了。

"我看到第二位男士了，他正在那边整理图书。我觉得他会在那个书架上留下指纹，你能再去转移一下他的注意力吗？"

哈里向那位男士跑了过去，安娜贝尔看到那位男士跟着哈里走到了另一个书架跟前，和他刚刚整理的那个书架隔着一段距离，他们两个蹲在地上，看起来像是在找什么东西。安娜贝尔查看了一下四周的情况，然后迅速在那位男士刚刚触碰过的书架表面刷上了一些可可粉，几个指纹清晰地显现出来，她立刻用胶带采集好指纹，装进了袋子，在袋子上写上了"图书馆男士 2 号，姜黄色头发"几个字。任务完成后，她走过去找哈里，她可以看到他正在图书馆的另一头朝自己咧嘴大笑。

"我知道我们可以从哪儿采集到那位男士的 DNA 了！"哈里看上去非常得意，"我让他帮我找我的乐高小人儿，我们找了书架底下，那里面有很多灰尘，他打了一个喷嚏。他擤了擤鼻涕，然后把纸巾扔在了那边的垃圾桶里。那张纸巾上肯定沾着许多鼻涕和 DNA——他打了一个大喷嚏！"

"哎呀！真是太恶心了！不过，干得漂亮，哈里！相信你还记得，鼻涕也是 DNA 的一大来源，因为鼻涕里面含有许多鼻子里的细胞。"安娜贝尔把那张纸巾从垃圾桶里捡出来，装到了袋子里。她很庆幸自己没有忘记戴上手套。她还想到了一些其他恶心的 DNA 样本来源，也许，和它们比起来，鼻涕还算是好的了。

"下一站，度假屋，我们先去接米粒，"大功告成后，哈里大声说道，"然后去面包店。今天下午，我们要去冲浪俱乐部上课，我们可以趁那个时候从冲浪教练亚历克斯、彼得，还有救生员亚当、比利的身上采集样本。我们去找妈妈吧，让她带我们去面包店。"说完，哈里就径直跑开了。

***

安娜贝尔和哈里走进面包店的时候，门上的铃铛响了起来。妈妈站在外面向他们招了招手，她留在那里照看米粒。米粒很开心看到两个孩子走进了自己现在最喜欢的店铺，它的尾巴摇来摇去，眼睛里闪烁着光芒，满心期待地等在那里舔着嘴唇。但它不知道，妈妈已经给安娜贝尔和哈里下达了明确的命令，只能买四个馅饼和四个甜甜圈……没有它的份儿！

"你们好，亲爱的！今天早上过得怎么样呀？他们有没有说要把那个美丽的吊坠还给你们呀？"

安娜贝尔注意到，那两位男士手里都拿着一把夹

113

子，准备帮他们取面包。有趣的是，他们在柜台后面站的位置和上次是一样的。难道高个子的男士永远都站在左边，长着金黄色头发的男士永远都站在右边？

"很好，谢谢。还没有。你们有没有什么新鲜出炉的面包？"安娜贝尔问道，她知道，这样一来，那两位男士就得去后面的烤箱那里帮他们取面包了。

"有香肠卷、甜甜圈，还有小餐包。冰箱里应该还有一些可以给你们的小狗吃的面包！"

"太棒了！我们要四个香肠卷和四个甜甜圈！如果你们有什么可以给米粒吃的东西的话，它一定会非常开心的！"哈里说道。

"来吧，哥们儿，帮我一下，"那位男士对他的朋友说道，"现在店里没什么人，这两个孩子下了一个大单！"两位男士哈哈大笑，然后便往店铺后方走去。

"快，安娜贝尔，现在这里没有人了。看，妈妈正忙着和那位女士聊天。这是个好机会！"哈里递给安娜贝尔一副手套，紧接着用最快的速度戴好了自己的手套。

"哈里，你去采集柜台左侧的指纹，然后用棉签擦拭一下站在柜台左手边的那位男士拿的那把夹子，采集留在上面的 DNA，记得擦拭他刚刚手握着的地方。我来采集右侧的。那位高个子的男士一直站在左边，长着金黄色头发的男士一直站在右边，所以我们只要在样本上做好标注，就可以把他们两个人区分开了。快，一会儿他们就该回来了！"

时间似乎过得飞快，哈里可以感觉到自己的心在怦怦怦地跳着。他有预感，他们肯定会被抓住的。他刚刚用棉签擦拭完夹子，就听到那两位男士的脚步声从店铺后方传来。与此同时，门上的铃铛响了起来，店门突然开了。安娜贝尔和哈里立马从柜台后面冲了出来。

"你们怎么慌里慌张的？"进店的是那位牧师，他盯着安娜贝尔和哈里问道。

那两位男士拿着面包回来了，牧师告诉他们："这两个孩子刚才在你们的柜台后面，从他们的表情来看，没干什么好事。"

哈里把手放在口袋里，偷偷把手套摘了下来。他看到安娜贝尔把衣服袖子拽下来盖住了戴着手套的手。他不知道自己的脸是不是也和安娜贝尔的一样红。在意识到他们被抓到后，他就开始感觉自己的脸上火辣辣的。如果那些人看见他们的手套，或是要搜查他的口袋，他们就会发现那些棉签和粘着指纹的卡片，那他和安娜贝尔就有麻烦了。

"我刚才想要偷蛋糕,"哈里开口说道,"安娜贝尔想办法阻止我来着。非常抱歉。"

"哦,亲爱的,没事的,我也有和你一样的想法!"一位男士笑着说道。

另一位男士也哈哈大笑起来:"我要是和你一样大,也会干出同样的事情的,毕竟,这可是自制的康沃尔蛋糕啊!还好,看来你费了半天劲也没有成功偷到!"这时,哈里担忧地望了一眼站在店外的妈妈,这位男士赶紧补充道,"我不会告诉她的,别担心,只要等你们拿回那个吊坠的时候告诉我一声就行了,我很想看一眼它。"

哈里接过了他们买的面包,安娜贝尔把钱付给了两位男士。

"别忘了给你们的小狗带的香肠!别这么担心啦,亲爱的,没有造成任何损失!下次再见!"

安娜贝尔和哈里走出面包店的时候,正好从那位牧师身边经过。看到他们就这样侥幸逃脱了,他似乎非常愤怒。他为什么这么希望他们两个惹上麻烦呢?

"好险啊!"往海滩走的时候,哈里小声对安娜贝尔说。米粒跟在他们两个身边跑着,一路上不停地嗅着装面包的袋子。

哈里无比庆幸他们可以侥幸逃脱："你采集到样本了吗？我采集到了，不过刚刚采集好他们就来了！"

"我也一样。等我们走到海滩，就给它们装袋、做标注吧！把样本放在口袋里不太好，可能会把它们弄脏。我讨厌这种差点儿被抓到的感觉，我刚才担心极了！"

"我喜欢这种感觉！"哈里撒了个小谎，"走吧，我们可以在吃午餐前先去找一趟救生员亚当和比利。"

"看，他们就在救生站外面，时机正好！"安娜贝尔说道。她和哈里看到亚当和比利喝完饮料，把瓶子扔进了垃圾桶。等两位救生员离开后，两个孩子跑了过去。米粒也跟了过来，围着垃圾桶不停地嗅着，它喜欢参与到安娜贝尔和哈里的冒险当中。安娜贝尔环顾了一下四周，确认周围没有人在看他们，爸爸妈妈正忙着和冲浪俱乐部里的人聊天。

"警报解除！你能把它们捡出来吗，哈里？"安娜贝尔不想把自己的手伸到垃圾桶里，里面有吃剩的鱼肉、薯条，她还确定自己看到了一只黄蜂，不过，她是不会把这件事告诉哈里的，哈里讨厌黄蜂。一年夏天，有一些水果掉在了人行道上，几只黄蜂在边上飞来飞去。妈妈以为，只要他们用最快的速度跑过去，那些黄蜂就不会蜇到他们，可是，哈里当时穿的是露趾凉鞋，一只黄蜂钻了进去，蜇了他一下。自那之后，哈里就不喜欢黄蜂了。

"让开一点儿，把袋子准备好！"哈里又戴上了一副手套，然后把手伸进了垃圾桶。他伸着脖子，在里面找着那两个瓶子。

"亚当应该是喝了一罐可乐，比利喝的是一瓶水。"安娜贝尔说道。

"找到了！在袋子上做好标注，安娜贝尔。我们应该能够从上面提取出 DNA 和指纹。唾液也是 DNA 的一大来源，没错吧？"

"没错，哈里。太棒了，这可比从面包店里采集样本容易多了！"

"谁说的！"哈里一边说，一边擦着他手上沾着的番茄酱和冰棍化出来的甜水。

"下一站，冲浪俱乐部！"两个孩子齐声笑着说道。他们往海滩的另一头看去，发现妈妈正站在那里喊他们去上冲浪课。

走进更衣室之后，安娜贝尔和哈里听到有人在里面说话。"那不是亚历克斯和彼得吗？"哈里说道，"他们肯定是在换潜水服。"

"是的。"安娜贝尔轻声说道，"那双是亚历克斯的人字拖，我们从上面采集一些 DNA 吧！在他脚趾的位置擦拭一下，哈里，那里肯定有许多脱落的皮肤细胞。"她看到哈里戴上手套，迅速在亚历克斯的脚趾会接触到的地方擦拭了一下。

"该死！我把墨镜落在镜子那儿了，一会儿得想着去拿。今天有多少个孩子来上课，亚历克斯？"彼得对亚历克斯说。此时，安娜贝尔已经拿出棉签，开始擦拭彼得的墨镜了。

"鼻梁这个地方很适合用来采集 DNA，"安娜贝尔压低声音说道，"眼镜从鼻子上滑下来的时候，人们会扶着这个地方把它推上去。"就在这时，更衣室的门开了。安娜贝尔和哈里立刻站到一旁，没有暴露他们的行动。那两位教练从里面走了出来。

"嘿！这不是昨天来上过课的安娜贝尔和哈里吗？你们两个是来换潜水服的吗？我觉得你今天应该尝试一下趴板，哈里，那可比站板容易多了！"

安娜贝尔和哈里看着两位教练用手扶着镜子，往前伸着脑袋，检查自己的发型有没有弄好。

看到两个孩子在看自己，两位教练笑了起来："给你们上课前得好好打扮一下啊，孩子们！冲浪课上见！"

两位教练前脚刚走，安娜贝尔就对哈里说道："你去采集亚历克斯的指纹，我去采集彼得的。太棒了，就好像他们知道我们需要采集他们的样本一样，这也太顺利了！"

***

"这是我上过的最棒的一堂冲浪课！"回到度假屋之后，哈里大声喊道，"我爱趴板冲浪！"

"只是因为这一次你没有摔下来被浪打湿而已。"

"我应该就是康沃尔郡最优秀的冲浪者了吧！"哈里开始吹嘘起来。

"你吹牛也吹够了吧，赶紧上楼来，"安娜贝尔催促道，"我们得赶快把样本整理出来，替换进去，妈妈就快要把样本送到大学去了。我们需要按照她的习惯来整理样本，这样才能保证她不会起疑心。她会把用来采集样本的拭子放到试管里面，我去拿她放在厨房抽屉里的空试管，按照她的方式贴好标签。哈里，你能用棉签擦拭一下图书馆里的男士咬过的笔和纸巾上的鼻涕，采集一下上面的 DNA 吗？我们已经用棉签从面包店里的男士拿的夹子、亚当和比利的饮料瓶、亚历克斯的人字拖和彼得的墨镜上采集了 DNA，我只需要按照妈妈的方式把这些棉签放到试管里面就可以了。我们一定不能把这些样本搞混。哦，对了，不要忘了从潜水装备上采集到的样本，那些样本非常重要，否则我们就没法将可疑人员的 DNA 和它们进行比对了！妈妈会给每个样本都标上编号，我会在笔记本上记下每个编号对应的是哪个样本。爸爸妈妈现在正在花园里准备一会儿要用的烧烤用具，他们不会发现我们在做什么的。"

"我们还需要采集从图书馆借来的那本书上的指纹。"哈里说道。

"哦，没错，我把这件事给忘了。我们先把其他样本都整理出来，再去采集那本书上的指纹吧，那上面有许多脏兮兮的指纹可以供我们采集！"

安娜贝尔小心翼翼地盖好了最后一支试管，然后把它们全都装进了侧躺着放在厨房里的棕色信封。她和哈里的动作非常麻利，在放好所有的样本后，他们松了一大口气。就在这时，妈妈走进了厨房。

"你们在这里啊！安娜贝尔，把那些样本递给我，我要把它们送到大学去了。我很快就回来，在我回来之前，你们两个可以先去花园里玩一会儿。"

安娜贝尔把样本递给了妈妈。她现在开心得不得了。很快，他们就能知道从秘密隧道里的潜水装备上采集到的 DNA 和可疑人员的 DNA 是否匹配了。

"你想不想来踢足球？"哈里兴高采烈地问安娜贝尔。

安娜贝尔等妈妈出门之后才开口说道："哈里，你看，妈妈去大学送样本了，爸爸在外面准备烧烤要用的东西，也就是说，现在客厅里一个人也没有，我们可以去寻找第二条秘密隧道了！"

哈里听完，立刻放下足球，跑回了屋里，安娜贝尔哈哈大笑起来。哈里看起来真的已经激动得快要"爆炸"了！安娜贝尔不知道客厅里的壁炉后面是不是真的会有一条秘密隧道。如果真的有的话，那么他们现在已经找到可以打开旋转楼梯下面的小门的钥匙了。她跟在哈里后面跑了过去，急切地想要知道他们能不能找到那堵带有护墙板的墙。米粒也跟在两个孩子后面飞奔起来，它不想错过任何一场好戏。

第十一章

秘密隧道探险

"**我**们把这张长椅搬开吧，哈里！"安娜贝尔说道，"你还记得吗，伊莉斯说，护墙板在壁炉的左侧，可是，我没有看到护墙板啊！我们把这块挂毯掀开看看吧，小心点儿！"

哈里跳上长椅，把挂毯掀了起来。米粒冲着他汪汪叫了几声。

"嘘，米粒，别让爸爸听见了！啊，我的天哪，安娜贝尔，我看到护墙板了！我们只需要再把这张长椅搬开一些，就可以够到底部的护墙板了。"

"那你下来吧，哈里，我一个人搬不动这张长椅！"

安娜贝尔和哈里搬开长椅，后面精致而古雅的木制护墙板露了出来，他们惊讶得倒抽了一口气。

"我们试着推一推吧！"

他们两个一起用力推了推，突然，底部的护墙板打开了，露出了一个仅够成年人弯腰钻进去的小口，里面漆黑一片。

"我什么都看不到，里面实在是太黑了。哈里，去把头灯拿来，动作快点儿，不然等爸爸过来就会发现我们在做什么了。"

米粒把鼻子伸进护墙板后面的小口嗅了嗅，然后摇晃着尾巴，径直跑了进去，安娜贝尔根本来不及制止它。

"哈里，你终于回来了，米粒跑进去了，我看不到它在哪儿。"就在安娜贝尔说这句话的时候，几声微弱的汪汪声从墙上的小口里面传来。安娜贝尔和哈里打开了他们的头灯。

"我们得赶紧进去，看看米粒有没有遇到什么危险。"哈里急切地说道。他鼓起勇气，弯腰走进了壁炉后面的一片黑暗当中。安娜贝尔在穿过小口后，把挂毯整理了一下，又把长椅拉回了墙边，这样，哪怕爸爸妈妈真的走进客厅，也不会发现他们去了哪里。安娜贝尔不确定自己是不是真的想要跟着哈里一起步入黑暗，但是他们必须要找到米粒。

"看，安娜贝尔，这就是伊莉斯提到的旋转楼梯！"哈里的声音还在墙壁间回荡着，但他已经一步步走下了这段螺旋形状的楼梯。很快，安娜贝尔就看不到他的身影了，他已经走到了更下面的地方。这些台阶磨损严重，高低不平，安娜贝尔的步子谨慎而缓慢，她不想被绊倒，她没法像哈里一样在台阶上全速狂奔！

突然，安娜贝尔听到了一个熟悉的声音。

"哈里，是米粒吗？它是又变成'小疯狗'了吗？"当米粒隔了一段时间才见到他们，激动得快要发疯的时候，他们就会把它称为"小疯狗"。它会兴奋地尖叫着，一圈又一圈地追着自己的尾巴跑着，好像一只发了疯的小狗！见到哈里，它肯定开心坏了。

安娜贝尔走下旋转楼梯，看到米粒正趴在哈里的膝头，他们面前是一扇破旧不堪的木门。一看到安娜贝尔，米粒便一跃而起，再一次上演了"小疯狗"的戏码。哈里咧开嘴笑了起来，他的手里攥着他们在地板下面找到的那把钥匙。

"幸亏你还记得，哈里，我已经完全忘了我们会用到这把钥匙了！你试过了吗，它能打开这扇门吗？"

"我正要试呢！刚才，我看到米粒在楼梯底下不停地挠着这扇门。"

哈里把钥匙插进锁眼，安娜贝尔屏住了呼吸。哈里想要试着转动钥匙，可是没能成功。

"再好好插一插。"安娜贝尔说。哈里又重新插了插，这一回，他成功转动了钥匙。伴随着一声响亮的嘎吱声，门打开了。安娜贝尔用头灯照亮了门后的隧道。这条隧道的两侧都是礁石，里面又昏暗又潮湿。

"我们沿着这条隧道往前走，应该会走到我们之前去过的那个海滩附近的洞穴。"安娜贝尔说道，"我猜想，那块巨石会挡住我们的去路，不过，等看到那块巨石的时候，我们就可以沿着隧道往回走了。"

"听起来是一个不错的计划。我来带路！"哈里自告奋勇。

安娜贝尔松了一口气，她并不想走在最前面。哈里冲到她的前面跑进了隧道，米粒紧随其后，安娜贝尔也以最快的速度跟了上去。隧道里面很冷，空气当中弥漫着一股霉味。不一会儿，哈里就拐了个弯不见了。终于，他在一个岔路口停了下来，这里连接着另外一条隧道。

"安娜贝尔，快来！"

安娜贝尔拐过弯追了上来，她已经累得上气不接下气了。

"看，"哈里说道，"你站在这里，朝这个方向看，就会发现通往酒店的这条隧道位于最后面的拐角处。就像伊莉斯说的那样，你如果从海滩或者教堂走到这里，是不可能发现这第二条隧道的，这也许就是这么久以来都没有人发现它的原因。这条往左拐的隧道肯定就是通往教堂的，而我们沿着这条路一直往前走，应该就能够抵达海滩！"

哈里一脸得意。即使到现在他还是不敢相信，他们所住的度假屋里就有一条秘密隧道，这简直是太不可思议了！

"走吧，我们沿着这条隧道往海滩走！"安娜贝尔说。哈里没有回答，直接带着米粒从她的身边跑了过去。过了一会儿，他们发现几缕阳光从外面射了进来。

"等一下，哈里！"安娜贝尔喊道。这一次，哈里停下脚步，跑回了安娜贝尔身边。再往前就是那个洞穴了，安娜贝尔拽着哈里蹲下来，躲在了后面的阴影里。

"看！"安娜贝尔指着前方小声说道，"有阳光从入口处射进来，看来，这条隧道里还有其他人。他们可能是从海滩那头过来的，也可能是从教堂的方向来的。"

就在这时，一阵说话声的回响从洞穴传了过来，把哈里吓了一跳。他们看到隧道入口处出现了两个黑影，那两个人肯定是从海滩过来的，也许他们又去偷运沉船上的珠宝和金币了。

"快，我们需要赶快躲起来，把你的头灯关上！"安娜贝尔一只手拉着哈里，另一只手扶着隧道的墙壁往前走，她可以感觉到米粒就跟在她的身后。她希望自己可以像伊莉斯一样，找到礁石上的那个小洞，可是，她一无所获。礁石上的那个小洞到底在哪儿呢？现在，那两个人已经离他们越来越近了。

就在那两个人向洞穴后方走来的时候，安娜贝尔终于摸到了那个小洞。她把哈里拽了进去，他们两个蹲下身来，躲在黑暗当中。他们甚至不敢呼吸，生怕那两个人听到他们的动静。

哈里担心米粒可能会发出吠叫或者吼叫声，幸好，他的口袋里还有两颗水果糖，他本来打算留到以后再吃的。他拿出一颗给了米粒，希望那不是他自己最喜欢的黑加仑糖。他听到米粒不停地咀嚼着，但愿这样它就不会汪汪叫了。在一片黑暗当中，哈里捏了捏安娜贝尔的手，安娜贝尔也捏了捏他的手。他可以感觉到，安娜贝尔已经紧张得开始发抖了。

"加油，快点儿搬，我们得把这批货运到教堂藏起来。"那两个人中的一个说道，语气中充满了焦急。

"不管怎么样，千万不能再弄丢什么东西了，"另一个人说道，"如果再弄丢什么珠宝，他肯定会对我们大发脾气的。他正在教堂里等着我们呢！"

"我知道。明天会赶上涨潮，我们应该就可以搬完沉船上的所有货物了。真想赶紧把那些东西卖掉，把他的那份钱给他，这样他就可以放过我们了。"

这个时候，米粒吃完了它的那颗糖，开始低声吼叫起来。哈里想要伸手摸一摸它，让它安静一点儿，可是，周围实在是太黑了，他一下子摸到了地面。他感觉自己的手碰到了一个小小的圆圆的东西，于是把这个东西捡起来，装到了口袋里。他告诉自己，等回到有亮光的地方，一定要记得看一看这到底是个什么东西。还好，安娜贝尔及时止住了米粒的吼叫。

"那是什么声音？"那两个人在走到两个孩子和米粒藏身的小洞跟前时停下了脚步，但是，当他们停下来仔细听的时候，四周只是一片安静。哈里闭上了眼睛，屏住了呼吸。安娜贝尔轻抚着米粒，让它紧紧靠在自己的身边。她默默祈祷着，希望它不要发出任何声音。

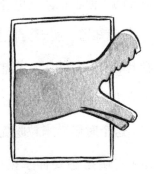

"现在没有动静了，哥们儿。没有人知道这条隧道，这里怎么可能会有其他人呢？可能只是一只老鼠或是什么其他东西吧。走吧，晚了的话他又该发脾气了。"

安娜贝尔和哈里听到那两个人沿着隧道向教堂的方向跑去。

"我觉得我们应该跟着他们。"尽管哈里非常害怕，但他还是鼓起勇气小声说道，"跟在他们后面，我们就可以看到他们把那些宝藏藏到了哪里，还可以知道那个'他'到底是谁。你觉得呢？"

安娜贝尔咽了一下口水。她不想做这么冒险的事，但是她知道，他们应该这样做。

"为了伊莉斯，我们跟上去吧！"她轻声说道。

"那我们出发吧，他们应该已经走了。我走在前面，把头灯拿在手里照亮，这样就方便在需要的时候及时关掉它了。"

前方的隧道又一次亮了起来，安娜贝尔和哈里轻手轻脚地跟在那两个人的后面穿过隧道，米粒紧随其后。他们知道，很快就能够抵达教堂了。等待着他们的会是什么呢？是得到下一块拼图，还是被那些窃贼发现"DNA小侦探"已经盯上他们了？

第十二章

藏匿宝藏

安娜贝尔和哈里站在通往教堂钟楼的木门后面侧耳倾听。米粒静静地坐在他们的脚边，仿佛知道自己现在需要保持安静。周围没有任何声音，那两个人肯定已经进去了。

哈里朝安娜贝尔竖起大拇指，然后指了指那扇门。他希望安娜贝尔可以明白自己的意思——他认为现在一切安全，打算直接进去。他不敢开口说话，万一那两个人还没走远，听到了他们的声音怎么办？安娜贝尔点了点头。哈里把一只手放在门上，小心翼翼地把它推开，然后向安娜贝尔招手示意，他们一起悄悄地踮着脚走进了钟楼。进来之后，他们缓缓推开了第二扇门，向教堂里面张望了一下。

"他们不在这里，哈里，我们去墓地看看。"

哈里跟着安娜贝尔走到了教堂的门边，米粒紧紧跟在他们身后。他们轻手轻脚地走了出去，一起躲在一块墓碑后面。安娜贝尔探出头向远处望去。

"他们在那里，哈里，不过我看不出那是谁，他们离得太远了。他们在做什么？"

米粒发出了一声低吼。

"我也不知道……"哈里回答，"他们好像都弯着腰站在那里，他们应该是在埋宝藏！等一下，那位牧师朝他们走过去了，他会把他们当场抓住的。你觉得我们需要报警吗？警察可以为他提供一些帮助。"

这是一个惊心动魄的时刻——那些人就要被牧师抓住了，很快，这场大戏就要落下帷幕了！

"等等，哈里，你看……他们在握手呢！那些人把什么东西递给了牧师，看起来像是一个长长的黑色工具。他现在趴在地上了，他肯定和他们是一伙的。哦，不，那些人又往海滩的方向去了！天哪，那位牧师竟然和他们是一伙的！你还记得乔希告诉过我们什么吗？看来，他也在为劫船者提供帮助，就和许多年前他的高祖父做的事情一样！"

"也许就是因为这样，他才在每次见到我们的时候都那么恶狠狠地瞪着我们，他认为是我们拿走了本该属于他的吊坠！小心，安娜贝尔，他朝这边走过来了！"

安娜贝尔和哈里带着米粒跑回了教堂，假装在那里欣赏彩绘玻璃窗。

"他应该没看见我们吧，对不对？"

就在这时，教堂的门开了，牧师气冲冲地快步走了进来。他看到安娜贝尔和哈里，一下子停下了脚步，似乎没有想到会在这里见到他们。

牧师朝他们的方向走来。哈里用胳膊肘碰了一下安娜贝尔，低声对她说："你看他手里拿着的那个工具，那就是'老水井钩'，和我们在博物馆里见到的那个一样，是劫船者们用来把赃物藏到井里的工具！"

"那可能就是他的高祖父以前用过的工具！他们肯定是把宝藏藏到井里了，而且肯定就是许多年前，伊莉斯看到亨利的团伙把他们的赃物藏进去的那口井！"安娜贝尔说。

两个孩子往前走了几步，想要看得更清楚一些。牧师意识到他们两个看到了自己手里拿着的工具，把它往身后藏了藏。如果说在此之前，安娜贝尔和哈里还无法确定牧师到底有没有参与其中，那么现在，他们已经可以下定结论了。牧师看起来满脸通红，情绪激动。

"你们两个在这里做什么？"他冷冰冰地问道。米粒跑上前去，冲着他大声吠叫起来。安娜贝尔和哈里的心一下子悬了起来，但也只能眼睁睁地看着米粒被他一把推开，呜咽着缩回了他们的脚边。

"我们在……嗯……"哈里不知道该如何作答。牧师看起来已经愤怒到了极点。

所幸，安娜贝尔突然想起博物馆里的那位女士——艾丽斯告诉过他们，伊莉斯就埋葬在教堂墓地里，于是，她开口说道："我们是来这里寻找伊莉斯·安德斯达特的坟墓的。她是触礁船只'海伦娜'号上唯一的幸存者，后来被小酒店的老板和他的家人收养。"

"面对着大海、靠墙边的最后一座就是她的坟墓。现在，立刻离开我的教堂，把你们这只干瘦干瘦的狗也一起带走！"牧师说完，更加愤怒地瞪了他们一眼，然后快步向钟楼走去。他又把那个工具往身后藏了藏，尽量不让两个孩子看到。

"刚才真是吓死我了！我觉得他应该不知道我们看到了什么。我们去看看能不能找到伊莉斯的坟墓吧！"安娜贝尔对哈里说。他们两个按照刚刚牧师说的，朝着那座坟墓的方向走去。米粒看起来比他们还要开心，哈

里一边走一边留意着每一块墓碑上的碑文，它就摇晃着尾巴，一路小跑着跟在他的后面。

"在这里！"哈里兴高采烈地喊道，他最先找到了伊莉斯的坟墓。

"看，这里还放着鲜花。"安娜贝尔说道，"我觉得肯定是我们被困在隧道里的那次看到的那位女士把它们放在这儿的。不知道她认不认识伊莉斯，也许她们两个有什么亲缘关系。"

安娜贝尔蹲下身来，读了读墓碑上的碑文：

伊莉斯·安德斯达特，1871 年 3 月 8 日—1963 年 4 月 25 日，安德斯·安德斯达特与海伦娜·安德斯达特之女，由本教区教徒南斯一家收养。我们的爱女，沉船"海伦娜"号上唯一的幸存者，重新回到了我们的身边。

我们与大海紧密相连。无论扬帆起航还是伫立远望，当我们回归大海之时，便是从来处返航。

"这段碑文写得很美。"安娜贝尔说，"你看，这座坟墓面朝大海，就好像伊莉斯一直眺望着她最后见到父母的那片海。"她和哈里低下头，向海滩的方向望去，"她后来肯定过得很好。你还记得吗，她在日记里面说，她很喜欢亨利的妻子珍妮和他们的两个孩子杰戈、格温，不过，不知道为什么，我总感觉她不是很开心。"

安娜贝尔打了个寒战。天突然黑了下来，一阵寒风呼啸着掠过墓地。

"我觉得我们该走了，我不想再待在这里了。"哈里说道，"我们还得去一趟墓地的另一边，去那些人和那位牧师刚才待的地方看看，也许可以找到那口井和里面的宝藏。"

"我同意，哈里，这里有一种阴森森的感觉。我没有看到那位牧师的身影，我们现在就过去吧！"

安娜贝尔跟在哈里后面，跑到了墓地的另一头，他们刚才看到那些人就聚在这个地方。米粒发现地上有几个苹果，便叼起一个跑到安娜贝尔身边，把苹果扔在地上，想让她陪自己扔苹果玩。如果米粒没有找到球，那它就会给安娜贝尔和哈里捡来一些其他东西，让他们陪它扔着玩。今天，它捡来的是一个苹果！

"我只能看到这座天使雕像和一棵大苹果树。"哈里说。安娜贝尔从他说话的语气就可以听出来，他已经有些泄气了。米粒冲安娜贝尔叫了几声，催促她赶紧扔苹果。

"别泄气，哈里。别忘了，伊莉斯说，那口井就在一座天使雕像旁边，是与地面齐平的。我们就在这附近找找吧！好了，米粒，我来给你扔苹果！"

安娜贝尔从地上捡起苹果，用力向远处扔去。她看了一眼哈里，他好像已经重拾信心了，这可能是因为他发现自己需要把地上的落叶踢起来看看底下有没有藏着那口井。他开心地一边玩一边找，还朝安娜贝尔身上踢了一脚落叶。

"别闹了，哈里，这一点儿都不好玩儿！"

看到安娜贝尔头发上的落叶和她脸上的愤怒表情，哈里忍不住笑得前仰后合。他笑着笑着，一下子摔在了地上。这时，他感觉自己撞到了一个硬邦邦的东西。他用手把上面的落叶拨到一边，发现下面是一个圆形的木头盖子。他立刻变得严肃起来，他知道，这就是他们要找的那口井。

"安娜贝尔，我找到了！"哈里大声喊道。安娜贝尔瞬间就忘记了自己刚刚还在生哈里的气，她欣喜若狂，立马过去帮哈里一起把剩下的那些用来遮挡井盖的落叶和草皮拨到了一边。她已经迫不及待地想要往井里看一看了，不知道他们能不能找到那些宝藏。

"哦，不，井盖上挂着一把锁！"哈里失望地说道，"我来试试能不能用石头把它砸开吧！"

可是，就在这个时候，他们两个听到了一声愤怒的大喊。

"喂！你们两个！赶紧走！"

"快，是那位牧师！快帮我把井口遮起来，哈里，绝对不能让他知道我们已经找到这口井了！"

"快，安娜贝尔，我们得赶紧离开这里！快跑！"

安娜贝尔跟在哈里后面极速狂奔。她从来都没有跑得这么快过，米粒紧跟在他们两个身后。安娜贝尔可以听到那位牧师还在大声喊叫着，他一边嚷一边朝他们挥着拳头。他们只需要跑到有人的马路上就安全了，但是似乎怎么也跑不到教堂的大门。牧师正在后面追赶着他们，他已经离他们越来越近了。

哈里感觉自己的双腿已经快要没有力气了。他们能够成功逃脱牧师的追捕吗？牧师知道他们已经找到那口井了吗？哈里的心在胸腔里怦怦狂跳，他们必须要逃离这里，他们没有其他选择！

第十三章

水落石出

"**我**看到度假屋了，"哈里说，"加油，安娜贝尔，我们就快到了！"

安娜贝尔终于松了一口气，她回过头看了看，还好，那位牧师肯定已经放弃了。她跟着哈里跑上了车道，不过看起来，他们才刚跳出油锅，就又掉进了火坑。

"看，妈妈已经从大学回来了，她肯定在等我们，她看起来非常生气。"哈里可以看到妈妈正双手叉腰站在那里等着他们，还不耐烦地用脚点着地。

"你们两个去哪儿了？我和爸爸到处都找不到你们，我们担心坏了。"

"我们只是去找乔希和埃莉了。对不起，妈妈。烧烤的东西都准备好了吗？"哈里说道。安娜贝尔没有想到他居然这么轻松地就编出了一个理由，而且还是一个不错的理由。

"好吧，下次一定要告诉爸爸你们要去哪儿，他真的非常担心。走，我们去吃香肠吧，你也一起来吧，米粒！"

***

安娜贝尔觉得这段等待的时间无比漫长。他们知道，那两个人很快就会最后一次潜水过去偷运沉船上的物品，他们只剩这一次可以当场抓住那些窃贼的机会了，但是他们必须要先等大学给出 DNA 样本的分析结果。终于，下午的时候，妈妈接到了一通电话，挂了电话之后，她把安娜贝尔和哈里叫到了厨房，她的语气听起来不是很好。

"刚才大学那边给我打了一通电话，他们发现那些样本有些奇怪。你们两个应该不知道这是怎么一回事，对吧？"

安娜贝尔和哈里摇了摇头。安娜贝尔尽最大努力装出了一副问心无愧的样子。

妈妈有些恼怒地说道："他们说，其中有八个样本是完全相同的，还有一个样本像是出自挪威人的！一直生活在康沃尔郡的人怎么可能来自挪威呢？这完全说不通。你们有没有把你们从朋友身上采集来的那些样本搞混？那八个样本的结果非常奇怪，这表明他们都出自同一个人。"

"真的，这和我们完全没有关系。"安娜贝尔和哈里说道。此刻，他们心里已经乐开了花，因为他们知道这个结果意味着什么——他们已经查出窃贼到底是谁了。

"你们为什么看起来这么开心？现在，我的研究得从头来过了！"妈妈一边说一边拿出了她的平板电脑。安娜贝尔一把抓住哈里，拉着他向楼上的卧室跑去。

"你听听我说得对不对，安娜贝尔，"哈里说道，"如果有八个样本是相同的，那就是说窃贼肯定是那对双胞胎——冲浪教练亚历克斯和彼得，是他们干的，因为同卵双胞胎的 DNA 是相同的！我们一共采集了八个那对双胞胎的样本。我们在隧道里找到了两套咬嘴、潜水镜和脚蹼，这就是六个样本了，还有一个来自亚历克斯的人字拖，一个来自彼得的墨镜。"

"你说得没错，哈里。那个挪威的样本肯定是妈妈搞错了。啊，我的天哪，谁能想到竟然会是冲浪教练亚历克斯和彼得呢，他们那么友善！不过，我们确实也看到他们和那位牧师说话了，我们已经知道那位牧师就是其中的参与者，他跟他们说话的时候非常愤怒，也许就是因为他们弄丢了那个吊坠。"

"他们也都很年轻，说话时带有康沃尔口音，而且在本地工作。"哈里补充道。

"我们还采集了他们俩留在镜子上的指纹，以及从图书馆借来的那本书和潜水镜上的指纹。来，哈里，我们来比对一下。同卵双胞胎的 DNA 是相同的，但指纹不同。如果可以将指纹匹配上，再加上 DNA 的结果，我们就可以证明亚历克斯和彼得两个人都参与了盗窃沉船物品。"

安娜贝尔把他们收集到的证据从床底下掏了出来，哈里从"DNA 小侦探"工具包里找出了一把放大镜，然后和安娜贝尔一起将所有证据摊开摆在面前。"哈里，你看看能不能找到彼得的指纹，"安娜贝尔说道，"用从镜子上采集的指纹来比照。我来找亚历克斯的指纹。"

"亚历克斯的指纹是环形的。"说完，哈里又把自己的手指举到了眼前，"我的指纹是像帐篷一样的弓形，非常少见。"

"我也是！"安娜贝尔说，"彼得的指纹也是环形的，不过你看，这些隆起的纹路出现的位置不同，所以他们两个的指纹是不同的。"安娜贝尔很喜欢玩"找不同"的游戏。

"哦，还真是，你看这些隆起，它们有很多不同的地方。我在从图书馆借来的这本书上找到了彼得的指纹，还有……"哈里假装在大腿上敲了几下鼓，"没错，隧道里的潜水镜上也有，他那天肯定去过那条隧道里面！"

安娜贝尔没能首先找到亚历克斯的指纹，她感觉有些沮丧。

"等一下，你看，就在这一页的底部，这是亚历克斯的指纹，潜水镜上也有他的指纹。哈里，我们现在已经找到可以证明这对双胞胎参与盗窃沉船物品的证据，还知道宝藏就藏在那口井里，我们得赶快报警，这样警察才能将他们当场抓获。在下一次涨潮的时候，他们会潜水过去偷运最后一批赃物……"安娜贝尔跑到窗边看了看，"马上就要涨潮了！我们得把这件事告诉爸爸妈妈，让他们联系警察！"

***

安娜贝尔和哈里把一切向爸爸妈妈和盘托出，爸爸妈妈把这次的对话内容转述给了本地警察。警察接到消息，很快就赶了过来，他们计划逮捕亚历克斯、彼得和牧师，不过，他们首先需要进入连接着度假屋的秘密隧道。安娜贝尔和哈里非常高兴能够向警察和警犬们展示隧道入口，可是米粒看起来不是很愿意让其他小狗踏入自己的地盘，看到哈里把自己的大块骨头零食分给别的小狗，它更加不开心了。

"不用了，谢谢你，孩子，"其中一名警察说道，"它们在执勤的时候是不能吃这些东西的，它们有工作要做！现在，请你们带我去看看那条隧道吧！"

"跟我来！"安娜贝尔带着他们走进客厅，然后掀开墙上的挂毯，搬开长椅，让护墙板露了出来。她把底部的护墙板移开，找到了隧道入口，哈里把那把钥匙递给了警察。这时，安娜贝尔看了一眼爸爸妈妈，他们已经在旁边看得目瞪口呆了，那些警察也是一副惊诧不已的表情。他们走进了隧道，那几只警犬在前面带路。

"快，我们去看看外面的情况。"在警察们走进隧道之后，哈里对安娜贝尔说道。他们两个跑到花园边上，向海滩望去。

"你看那儿！"哈里说。安娜贝尔顺着他手指的方向看去，看到悬崖边有许多警察，他们隐蔽地蹲伏在那里，观察着海滩上的一举一动。

"看，那名警察手里拿着一副望远镜，他肯定是在监视海滩上的隧道入口，等着那些人从那里进去。我们把隧道的位置告诉了他们，这个信息肯定非常关键！"哈里说道。

"你说得没错，孩子，"留在度假屋的警察说道，"确实是这样。我们再等一会儿就可以了，我刚刚在对讲机上收到一条消息，冲浪俱乐部的人已经在海滩上的隧道入口附近出现了。等一下，我又收到了一条消息……一切准备就绪！一切准备就绪！"

　　紧接着，安娜贝尔和哈里看到悬崖边的那些警察全都站起身，全速冲下了海滩。

　　"哈里，你看，"安娜贝尔说，"伊莉斯的日记里也出现过类似的场景——海关人员冲下海滩，抓捕亨利·南斯的团伙。"

　　"不同的是，这一次他们无法逃脱了，警察已经在秘密隧道里等着他们了！"哈里说道。

　　"希望如此，但也没准儿会出现什么意外情况。"

　　等待是一个极为痛苦的过程。警察能够将亚历克斯和彼得当场抓获吗？那位牧师呢，他也会被捉拿归案吗？"拜托，不要让他侥幸逃脱。"安娜贝尔暗自祈祷。

第十四章

宝藏属于谁？

度假屋外传来了敲门声，米粒跑到门口汪汪叫了起来。

"是警察！"哈里大声喊道。

妈妈从哈里和米粒身边挤过去打开了门。安娜贝尔跑到过道里面，想要听一听发生了什么事情，可事实上，她几乎不敢去听，害怕听到的消息会令自己失望。

"您好，警察先生，请问有什么事情吗？"妈妈问站在门口的那名警察。

"您好，"那名警察说道，"我是警探安德鲁斯。我们很高兴通知你们，根据你们所提供的信息，两名嫌疑人已经被捉拿归案。我们在你们提到的那条古老的秘密隧道里发现了他们，从他们身上追回了大量金币。"

"太好了！"安娜贝尔和哈里欢呼起来，他们上蹦下跳，紧紧地拥抱在了一起，"您所说的那两名'嫌疑人'

就是双胞胎亚历克斯和彼得，对吧？"警探点了点头，露出了微笑。

这时，安娜贝尔想起了那位牧师。"那位牧师呢？"她问道，"你们把他也一并抓住了吗？剩下的那些珠宝呢？你们在那口井里找到那些珠宝了吗？"

"好多问题啊！"警探说道，"是这样的，那位牧师看亚历克斯和彼得没有出现，似乎意识到发生了什么意外状况。他决定逃跑，但还是选择先去井边把剩下的宝藏拿出来。没错，我们将他当场抓获，还缴获了很久以前的劫船者们用来从井里取出赃物的工具！好了，你们之前说收集到了一些证据，是 DNA 和指纹，我们需要看一看那些证据，你们能帮我拿过来吗？"

"非常抱歉，"妈妈赶忙开口说道，"他们知道不应该擅自采集他人的 DNA 的。你们两个，你们太让我失望了！"

安娜贝尔和哈里低头看着地面。

"我们错了，妈妈，"安娜贝尔说，"可是这是找出窃贼、追回宝藏的唯一办法了。"她又和哈里一起向妈妈解释了送去大学的样本的事情。

"你们带警探先生上楼拿证据吧，我去给他们打印一份大学给出的 DNA 分析结果。"

"非常感谢，"警探说道，"不过，不要对他们太严厉了，要是没有您家的这两个孩子，我们可能根本抓不到这些窃贼，那些宝藏可能也就永远都找不回来了。沉船的所有者——公共机构英格兰遗产委员会很高兴看到珠宝和金币得以追回，他们……"警探的话还没有说完就被哈里打断了。

"可是那些珠宝和金币不属于英格兰遗产委员会，它们属于伊莉斯·安德斯达特的家人。伊莉斯是'海伦娜'号上唯一的幸存者，那些金银珠宝都是她的妈妈的。"

"我正要说这件事呢，小伙子，他们正在寻找伊莉斯的直系亲属——我才知道这就是她的名字！他们想把那些珠宝还给她的家人。如果没能找到她的家人，他们就会把珠宝交给博物馆，或将它们公开售卖，为委员会筹资。我听说图书馆正在帮忙查找她在挪威有没有家人。"

安娜贝尔听到警探说的话，突然灵光一闪，激动地喊了出来："我知道怎么能够找到她的家人了！妈妈，你不是说有个样本出自一个挪威人吗？我们没有替换所有的样本，那个人可能就是伊莉斯的亲属，他们都是挪威人。你还记得在我们从图书馆借阅那本关于劫船者的书的时候，那位男士告诉我们有一位上了年纪的女士也在找那本书吗？她刚搬来这里不久，想要考证自己的家族历史，也许她就是伊莉斯的亲属。你能不能查一查那个挪威人的样本是从谁的身上采集到的？"

这时，哈里插话进来："你忘了墓地里的那位女士了吗，安娜贝尔？你还记得她在伊莉斯的墓前献花来着吗？也许她认识伊莉斯或者她就是伊莉斯的亲属，不知道她有没有在教堂的访客登记簿上登记。"

"天哪，你们真是两名出色的小侦探！"警探夸赞道，"记得告诉我你们取得了什么进展。我得先把这些证据带回警察局了，如果有什么最新情况，我会及时通知你们的。"

说完，警探向他们挥了挥手，便向自己的车上走去。

***

"妈妈还在生我们的气，是不是？"安娜贝尔有些沮丧地问道，她不喜欢这种犯错的感觉。

"她肯定已经没有那么生气了。她正在查有没有记录那个挪威人样本的被采集者姓名和住址。"哈里说。

"他总是这么乐观，"安娜贝尔心想，"我也要试着变得乐观一点儿。"

这时，妈妈跑到客厅来找安娜贝尔和哈里，她手里拿着平板电脑，看起来非常兴奋。安娜贝尔看到妈妈的表情，不由得露出了微笑。

"我有一个好消息要告诉你们——我查到了她的名字！那个挪威人的样本是从一位80岁的老奶奶身上采集的，她叫埃米莉·哈里斯。我知道她不姓安德斯达特，但她可能是在结婚后改的姓，所以她仍有可能是伊莉斯的亲属。我还没有在电脑里查到她的住址，不过，我们为什么不去看看她有没有在教堂的访客登记簿上登记住址呢？我们已经知道了她的姓名，应该很容易找到她的记录。我去把米粒喊来，我们这就出发！"

"妈妈，等我们回来之后，你能给我们讲讲科学家们是怎样通过 DNA 判断出一个人是来自哪里的吗？"安娜贝尔说道。

"当然没问题，安娜贝尔，不过我们现在先出发吧，否则你弟弟该着急得等不了了！"

安娜贝尔还可以再等一等，但也只能勉强再等一小会儿了！她非常好奇，人的 DNA 怎么能够像邮政编码一样，显示出他是来自世界上的哪个地方呢？这简直太不可思议了！她已经迫不及待地想要听妈妈给他们讲一讲了。

***

他们迎着明媚的阳光，向教堂的方向跑去。哈里推开教堂的门，冲向了那天他们撞到的那张放着访客登记簿的桌子。那张桌子还在这儿，还在同样的地方。访客登记簿摊开放在桌子上，哈里扫视起了上面的记录，他用手在登记簿上指着，寻找着埃米莉的名字。"没有！"

他失望地说道。

安娜贝尔走上前去。她翻了几页，浏览了一遍姓名列表，找到了埃米莉的名字。"我找到了！看——'埃米莉·哈里斯，彭特里斯别墅，宝藏湾'。"

"在康沃尔语里，'彭特里斯'是'海滩尽头'的意思，"妈妈说道，"我们就从那里找起吧！要是找不到，就去商店里问问这个地方在哪里，肯定会有人知道的。如果我们真的找到了这位女士，我就可以用DNA帮助警方证明她和劫船者的养女伊莉斯有亲缘关系。我记得你们找到的那个吊坠里有一缕头发，你们说那就是伊莉斯的头发，对吧？我们可以试试从头发里面提取DNA，把它和这位女士的DNA进行比对，DNA将会告诉我们她

们到底有没有亲缘关系。"

"你是怎么用DNA证明她们有没有亲缘关系的呢？"哈里问道。他对这个问题非常感兴趣。

"你还记得我在工作坊里给你们讲过，DNA被保护在一种特殊的包裹——'细胞'当中吗？"

"我也给他讲过这一点了。"安娜贝尔说。

"很好。事实上，细胞里有两种不同来源的DNA。第一种是你从爸爸和妈妈那里得到的DNA，你会从爸爸和妈妈身上各得到一半，这种叫作'核DNA'，存在于细胞中长得像小圆球的'细胞核'里。你既会得到妈妈的，也会得到爸爸的，因此，正是这种DNA使你变得独一无二。第二种DNA与核DNA是完全分开的，它叫作'线粒体DNA'，只会从妈妈身上继承。它不像核DNA那样存在于细胞核当中，而是在长得有点儿像软糖的'线粒体'里面。线粒体是细胞的发电厂，它们就像电池一样，帮助生产人体所需的能量。线粒体DNA的一大特点是，不管在哪一代人身上都不会发生变化。也就是说，你们两个虽然一个是女孩一个是男孩，但你们的线粒体DNA都和我的是一样的，我们的线粒体DNA和你们的外婆的是一样的，我们和外婆的线粒体DNA又和外婆的妈妈的是一样的，依此类推。所以，如果你的线粒体 DNA 和其他人的相同，那么你们就一定是有亲缘关系的。也就是说，如果这位女士的线粒体 DNA 和伊莉斯的是相同的，那么她们就有亲缘关系。你们还记得从莱斯特市的停车场里挖掘出理查三世国王遗骸的事情吗？科学家们首先根据他的族谱找出了他的后人，然后比对了他们的线粒体 DNA，发现是相同的，这就可以证明他们是有亲缘关系的，那具遗骸就是理查三世国王的遗骸。这是不是很神奇？"

"啊！"哈里感叹道，"这也太厉害了！我们必须找到这位女士，采集到她的 DNA！"

"我们需要征得她的同意，哈里。我跟你说过，不能擅自采集他人的 DNA！好了，快去海滩吧，我们需要找到彭特里斯别墅！"

***

"妈妈！是那座粉色的小屋吗？它就建在海滩的尽头！我好像看到花园里坐着一个人，她的头发是花白的！"

他们立刻以最快的速度向那座粉色的小屋跑去，米粒也不例外，它能够感受到他们脚步中的急促，猜想也许那里会有美味的蛋糕在等着他们。他们打开嘎吱作响的大门，穿过美丽的花园，朝那位老奶奶走去。一路上，他们闻到了玫瑰的花香和刚刚修剪过的青草散发出的清香，这真是一座幽雅恬静的花园啊！海边的微风轻轻拂过，海鸥的叫声从头顶掠过。

"嘿，亲爱的，你们好，"那位老奶奶站起身来说道，所有人都一致认为，她应该就是本地人，"我是埃米莉，你们找我有什么事情吗？"

安娜贝尔和哈里举起手来击了一个掌，他们欣喜若狂，他们找到她了！等老奶奶走近一点儿之后，安娜贝尔注意到了她的脚。她穿的是露趾凉鞋，安娜贝尔可以看到她有六根脚趾，就和伊莉斯一样！

"啊！我奇怪的脚趾被你看到了。我妈妈的脚趾也是这样的，我外婆的也是，我们一家都长着这种奇怪的脚趾。你们是有什么事情找我吗？"

妈妈开始向老奶奶说明来意，安娜贝尔和哈里在一旁安静地听着。

"啊，太不可思议了！"埃米莉说，"我刚刚才搬回这里，想要考证一下自己的家族历史。没错，伊莉斯是我的外曾祖母，她是在我26岁的时候去世的。几年前，我们搬离了宝藏湾，但是伊莉斯曾经给我讲过她被劫船者一家收养的传奇故事，他们在宝藏湾经营了一家小酒店，当然，那家小酒店现在已经变成度假屋了。"

"那就是我们现在住的地方！"哈里激动地说道，"我们读了伊莉斯的日记，是博物馆里的女士把那本日记给我们的。"

"天哪！在那家小酒店易主的时候，我曾四处寻找那本日记。伊莉斯跟我说过那本日记，不过后来她年纪大了，有点儿健忘了，不记得把它藏在哪里了！"

"藏在卧室的壁炉后面，是工人们在搬壁炉的时候找到的。您知道秘密隧道的事情吗？"

"当然！我们小的时候经常去那里面玩，不过我们发过誓要保密的！你们找到藏在地板下面的那把钥匙了吗？"老奶奶一边说，一边露出了微笑。安娜贝尔猜想，在那条隧道里面玩耍的时光肯定给她留下了许多美好的回忆。

"它还在那里！"哈里激动的心情溢于言表。

"天哪！那条隧道已经许多年不用了，里面全都是历史的痕迹。那么，你们现在只需要从我身上采集一些DNA，然后，如果你们的妈妈可以从吊坠里伊莉斯的头发上提取出 DNA，那她就可以证明我们是有亲缘关系的，是这样吗？我记得伊莉斯曾经提到过那个吊坠还有她妈妈的其他珠宝。那个吊坠对她来说非常重要，'海伦娜'号失事之后，那个吊坠就不见了，她为此非常难过。我希望他们可以把那个吊坠还给我们。"

安娜贝尔和哈里看着埃米莉签署了同意书，表示愿意让他们对自己的 DNA 进行检测。之后，妈妈用棉签在埃米莉的口腔里刮了几下。"她在采集埃米莉口腔里面的细胞，里面含有大量 DNA，包括线粒体 DNA。"哈里的语气里充满了自豪。

"非常感谢您，埃米莉。希望我们可以从吊坠里的头发上提取出 DNA。我有些担心，那个吊坠已经在大海里泡了 100 多年了，如果有海水渗进去，那成功提取出我们可以使用的 DNA 的概率就很小了。不过，在打开那个吊坠的时候，我看到那缕头发是塞在一小片玻璃后面的，没有看到里面有水，也就是说，它是被密封起来的，而且仍旧保存完好，希望那上面的 DNA 没有受损。我们会在第一时间告诉您检测结果，非常高兴能够见到您。"

"也非常高兴能够见到你们。"埃米莉和他们挥手告别。

"妈妈，成功从吊坠里提取出 DNA 的概率真的很小吗？"安娜贝尔问道，她有些担心，不知道如果 DNA 检测的方法行不通，那么那些珠宝和金币会落到谁的手里。

"埃米莉说了，如果我们需要打破吊坠，从头发上面采集 DNA，她是不会介意的。大学里的科学家们会小心翼翼地打开玻璃片，希望他们可以从后面的头发上采集到 DNA，然后，他们会加入化学试剂，使细胞破裂，提取出 DNA。你说得没错，成功的概率很小，不过，实验室里的科学家们经常会需要从年代久远的样本中提取 DNA，所以还是有可能会成功的！不要这么早就打退堂鼓，他们都是非常优秀的科学家。回去之后，我就把吊坠和埃米莉的样本送到大学去，用不了多久，我们就可以得到结果了。"

安娜贝尔把手指交叉在一起，开始祈求好运，她还用胳膊肘碰了碰哈里，让他和自己一起祈祷。"希望 DNA 提取一切顺利！"安娜贝尔在心里默念。她相信，只要用心祈祷，自己的愿望就很有可能会实现。

第十五章

最后一块拼图

安娜贝尔一直在想埃米莉和伊莉斯的脚趾。

"妈妈，你还记得埃米莉说她们一家都长着'奇怪的脚趾'，她的脚趾和她妈妈的是一样的吗？伊莉斯也在日记里提到，她长着六根脚趾，和埃米莉是一样的，这是通过 DNA 在家族中一代一代传下来的吗？"

"她们的脚趾长得真是太奇怪了！"哈里说完，做了一个鬼脸。

"哈里，别这样。安娜贝尔，你说得没错，这就是通过 DNA 传下来的。你还记得我们把这个过程称作什么吗？"

安娜贝尔回想着妈妈在 DNA 工作坊里是怎么告诉他们的。哈里也和她一起回忆着，他希望自己可以赶快想起来，这样就可以打败安娜贝尔了，但是他怎么也想不起来。过了一会儿，安娜贝尔笑了起来，她想起那个词是什么了。"遗传！"她一脸得意地喊了出来。

"非常好，回答正确！你们应该知道，父母通过DNA 把他们的性状、特征甚至疾病传递给后代，这个过程就叫作'遗传'。埃米莉那种奇怪的脚趾就'遗传'自她的妈妈。"

"我知道那些大学里的科学家已经在比对埃米莉和伊莉斯的线粒体 DNA 是否相同了，如果相同，那就能够证明她们是有亲缘关系的……"安娜贝尔还没有说完，就被哈里打断了。

"我知道线粒体 DNA 只能从妈妈身上继承，而且只要有亲缘关系，无论传多少代都不会发生改变。线粒体能够为我们提供能量，是细胞里的发电厂！"他边说边看了安娜贝尔一眼，好像在告诉她——"你看，我也知道！"

"非常棒，哈里！"看到哈里学到了这么多知识，妈妈感到十分欣慰。

"那么，这么说来，我们是不是也可以用埃米莉和伊莉斯都长着'奇怪的脚趾'这件事来证明她们具有亲缘关系呢？"

"没错，可以。我们掌握的证据越多，就越可以证明她们具有亲缘关系。哎呀，事情怎么这么巧，我正打算明天带你们去埃克塞特分子遗传学实验室见见我的朋友们，我在那间实验室里工作过一段时间，那是我做过的最有意思的一份工作！那是一间医院实验室，里面的工作人员会利用 DNA 来研究家族遗传病，判断一个人患有或今后可能患上什么疾病，方便医生诊治，或在有条件的情况下进行预防。他们肯定对多指畸形有所研究，这是一种天生长有多余脚趾或手指的病症。我给原来的领导乔打一个电话，看看她能不能帮上什么忙。"

安娜贝尔和哈里听妈妈说完，兴奋地欢呼起来。这样一来，埃米莉就更有希望拿回理应属于她的珠宝了！妈妈走到一旁去打电话，两个孩子满怀期望，焦急地等待着。

"我有好消息要告诉你们两个！我刚刚接到了大学打来的电话，又和我原来的领导通了个电话。大学里的科学家们已经成功提取出了埃米莉身上和吊坠里头发的 DNA，他们现在正在对线粒体 DNA 进行分析，也就是说，我们明天应该就可以得到结果了。他们还同意把一部分 DNA 送去埃克塞特医院的分子遗传学实验室，这样乔就可以带领她的团队对样本进行检测，确定埃米莉和伊莉斯的多指畸形是不是由相同的 DNA 错误引起的。乔邀请我们明天到实验室去，以便在第一时间看到实验结果。"

"可是我们已经等不及了！我们现在就想要知道结果！"哈里急得上蹿下跳。

"分析检测是需要时间的，哈里，他们已经在抓紧时间为我们赶工了，你得再耐心等一等。有些时候，样本也会出一些问题。不要忘了，吊坠里头发的 DNA 已经年代非常久远了，还是先不要抱太大的希望比较好。"

哈里哭丧着脸，一副失落的表情。他看了看安娜贝尔，她也和自己一样。他以为，只要提取出了 DNA 就万事大吉了，他和安娜贝尔就可以得到他们想要的结果了，可是也许，事情并不会像他想象的那么顺利。等一觉醒来，他们就能够知道答案了。

***

前往埃克塞特医院的途中，所有人都格外紧张。妈妈顺路接上了埃米莉，他们一致认为，有必要让她一起来见证这个结果。爸爸则留在度假屋，负责照看米粒。

"我们到了！"哈里大声喊道，"快看那块牌子——'分子遗传学科'！"他真的感觉自己已经激动得快要"爆炸"了，但是，他还是做好了心理准备，他们有可能无法得到自己想要的结果。安娜贝尔朝他微微笑了一下。

"跟我来。"妈妈说道。哈里冲到了最前面，为所有人扶着门。他们跟着妈妈穿过大门，走进了面前的大楼。在门口登记之后，工作人员把进门证发给了他们。

"医院里的所有实验室都在这儿了，只是分布在不同的楼层，"妈妈介绍道，"有微生物学实验室、免疫学实验室、病理学实验室、血液学实验室……"哈里不知道这些实验室都是用来研究什么的，只是跟着妈妈走进了分子遗传学科的办公区。安娜贝尔看出来埃米莉有点儿紧张，于是朝她微微笑了一下。

妈妈在一扇蓝色的门上敲了两下，这扇门上写着"乔·卡特教授，分子遗传学科主任"。

"请进。"一个温柔的声音说道。

打开门后，他们看到一位穿着大方得体的女士坐在桌子后面，旁边还坐着一位年纪稍长的戴眼镜的男士。

"你们好，我是乔。"那位女士对两个孩子和埃米莉说道，"曼迪，你最近怎么样？很高兴见到你！不要忘了和实验室里的所有人都打个招呼，他们都迫不及待地想要了解你的近况，见见你的孩子们！我们都很想你！"

乔给了妈妈一个大大的拥抱。"这肯定就是妈妈原来的领导了。"安娜贝尔心想。听到有人直呼妈妈的名字，她感觉非常有趣。

　　乔接着介绍道："这位是尼克，他是专程从大学过来告诉你们结果的。有人想喝点儿什么吗？我这儿有茶、咖啡和水。我知道，你们肯定都已经等不及了，想要赶紧听一听我们得出了什么结果！"

　　安娜贝尔和哈里激动不已地点了点头。妈妈帮埃米莉搬来了一把椅子。安娜贝尔可以看出，埃米莉此刻十分紧张。

　　安娜贝尔在这间小屋子里环顾了一圈。乔正在角落里忙着烧水泡茶，她身后的墙上挂着几张时间表，还有一张 DNA 双螺旋结构的大幅海报，看上去格外壮观。房间的角落里摆着几个灰色的文件柜，里面的文件都整整齐齐地贴着标签。安娜贝尔又看了看乔的办公桌，上面叠放着三个文件收纳托盘，里面已经被报告和材料塞得满满当当的了。她还看到电话上贴着几张黄色的便利贴，但是看不清上面写了些什么内容。房间的另一边还有一个书架，上面摆着的都是细胞生物学和遗传学方面的期刊和图书。哈里发现乔的桌子上放着一张照片。

"那是您的女儿吗？"他问乔。

"是的！"乔似乎被这个问题逗笑了。

妈妈微微一笑，然后开口介绍道："这是我的孩子安娜贝尔和哈里。你们肯定也都看出来了，他们两个现在激动得不得了！这位是埃米莉，我们真的非常希望你们能够证实她就是伊莉斯——那名劫船者的养女的后人。"

"好吧，我觉得我们现在该说正事了，"乔说道，"你们看起来都非常紧张。首先，我需要给你们解释几个概念。假设你们在拼一个乐高模型，我们就以直升机模型来举例吧，"哈里点了点头，对她选择的这个示例模型表示认可，乔接着说了下去，"你们需要按照盒子里的说明来拼装，那么，人类的 DNA 就与之类似，它就是人体的拼装说明，就是你们自己的拼装说明！你们可以在一份说明书里找到拼装直升机乐高模型时所需要的全部信息，那你们猜猜看，拼装人体时需要多少份说明书呢？"

"是 30 份吗？"安娜贝尔猜道。

"46 份！"乔给出了答案，"不过，我们不会把它们称作'说明书'，它们叫作'染色体'，是由 DNA 构成的。埃米莉的一份说明书（也就是染色体）上的 DNA 出现了错误，所以她多长出来了一根脚趾。"听到这里，埃米莉微微一笑，乔接着说道，"你们看一看乐高模型的说明书就会发现，说明书分为许多页，每一页都会告诉你们一部分模型的拼装方法，比如螺旋桨或是驾驶舱的拼装方法。我们的染色体也是这样的，分为许多页面，每一页上都写有人体不同部分的拼装方法，不过，我们不会称它们为'页面'，而是'基因'。人体内一共有大约2万个基因，位于46份说明书（也就是染色体）上。埃米莉，你的DNA错误出现在第7份说明书——7号染色体上，所在页面（也就是基因）是GLI3！在你出生之前，还在妈妈肚子里的时候，这种基因负责调控你的手指和脚趾发育，如果出现错误，那你就会长出多余的手指或脚趾。接下来我要考考你们，字母表里一共有多少个字母？"

"26个！"安娜贝尔回答，她确信这个答案不会有错。

"回答正确！不过，我们的DNA里只有4个字母——G、T、A、C，分别代表'鸟嘌呤''胸腺嘧啶''腺嘌呤'和'胞嘧啶'。人类的DNA是由30亿个G、T、A、C排列组成的，科学家们可以使用特殊仪器对它们的排列顺序进行测定。埃米莉，我们将你和伊莉斯的DNA与手指、脚趾发育正常的人的 DNA 进行了比对，发现你们两个人的 DNA 都出现了一个罕见的错误，你们的 DNA 和其他人的相比，少了一个 A 和一个 G，我们把这种错误称为'缺失'。多指畸形是一种常见病症，每五百个人中就会有一个人天生长有多余的手指或脚趾，可是，你们的这种 DNA 错误——我们称之为'突变'，是非常罕见的。我们查找了数据库，发现还没有其他人的 DNA 出现这种错误的记录。因此，我们可以说，埃米莉，你与伊莉斯有亲缘关系的可能性非常大，你们的 DNA 出现了相同的错误，正是这种突变导致你们长出了多余的脚趾。"

"天哪！"埃米莉发出了一声惊叹。

"我也有件事情要告诉你们。"紧接着，尼克往前坐了坐说道，"我们无法从吊坠里的头发上提取出 DNA，因为它是剪下来的，而不是直接从头上拔下来的。那些头发上没有发根，也就没有细胞。你们都知道，DNA 存在于细胞当中，所以说，那些头发上面是没有 DNA 的。"

听到这里，安娜贝尔和哈里感觉自己的心突然往下一沉，他们面面相觑，难掩失落。

"不过后来又发生了一件有趣的事情。"尼克接着说道，"我们发现，伊莉斯有许多头皮屑，我们在吊坠里找到了很多！头皮屑是头皮上的皮肤脱落形成的，里面含有大量细胞，当然，也就含有大量 DNA！幸运的是，吊坠的密封结构仍然完好，没有海水渗入，否则 DNA 可能就会遭到破坏。所以说，尽管这已经是 100 多年前的样本了，但我们还是成功提取出了许多 DNA！"

"太棒了！"安娜贝尔和哈里终于松了一口气，他们大声喊了出来。

"我记得伊莉斯以前经常抱怨她的头皮屑问题！"埃米莉开口说道，"她肯定没有想到，有一天，自己的头皮屑居然能够帮上家人的大忙。如果伊莉斯当初能够预料到这一点，她可能就不会有那么多的抱怨了！"

"我们还比对了埃米莉和伊莉斯的线粒体 DNA，"乔说道，"查明了她们最初来自哪里。更重要的是，我们发现她们的线粒体 DNA 是完全相同的，这也就说明，她们肯定是有亲缘关系的！"

"您能给我们讲一讲你们是怎样通过 DNA 判断出一个人是来自哪里的吗？"安娜贝尔提出了请求，"妈妈本来答应要给我们讲的，但是她已经完全把这件事给忘了！"

"来吧，曼迪，你来给孩子们讲吧！"乔说道，她和尼克都笑了起来。

妈妈在包里翻找了一番，掏出了一包软糖和几根牙签。"还好我在包里找到了这些东西，我们一会儿可以吃点儿东西来庆祝一下了。"说完，妈妈便开始了她的讲解。

"好了，我们首先要把这些软糖按照四种颜色分好，它们就代表构成 DNA 的 G、T、A、C。现在，把这些软糖宝宝的身体咬掉，把它们的小脑袋拿给我。"安娜贝尔和哈里很喜欢做这件事，他们把不同颜色的小脑袋拿给了妈妈。

"2003 年，由著名的剑桥维康桑格研究所参与的人类基因组计划正式完成，成功对人类 DNA 进行了测序，测定了 G、T、A、C 的排列顺序。我现在用这些软糖做的就是第一个人的一小部分 DNA。"

两个孩子看着妈妈在一根牙签上穿了四个软糖宝宝的小脑袋。

"我用黄色的软糖代表 G，紫色的代表 T，橙色的代表 A，绿色的代表 C。"妈妈说这些的时候，哈里的肚子已经开始咕咕叫了，"接下来，科学家们会去测定第二个人的 G、T、A、C 排列顺序。经过对比，他们发现这两个排列顺序有所不同，于是，他们把第一个人的排列顺序定为'第一组'，把第二个人的定为'第二组'。"

妈妈基本按照第一根牙签上的颜色顺序在第二根牙签上穿上了软糖宝宝的小脑袋，只把一个黄色的换成了绿色。

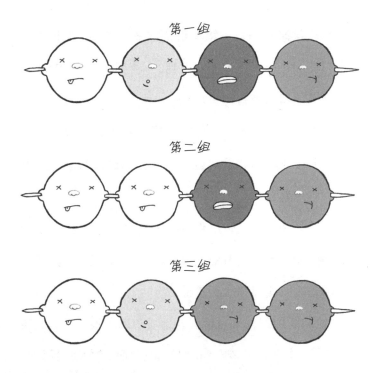

"他们在测定第三个人的排列顺序的时候，又发现了不同，于是把第三个人的定为'第三组'。随着测序工作的持续进行，他们发现大多数人的 DNA 排列顺序都可

以归入第一组、第二组、第三组，如果发现了一种新的排列顺序，就再把它定为'第四组'，依此类推。科学家们不断开展 DNA 测序工作，将不同的排列顺序归类，他们的测序对象越来越多，每一组中的样本数量也就越来越多。随后，他们对这些人的祖源进行了分析，发现了一个有趣的现象——第一组里面的人全都来自欧洲，第二组全都来自南亚，第三组全都来自美洲，第四组全都来自非洲……于是他们意识到，人们可以利用 DNA 判断出自己的祖先来自哪里。"

"这真是太神奇了，妈妈！现在我可以把这些软糖全都吃掉了吗？"哈里问道，当然，他也没有忘记要和安娜贝尔一起分享。

"谢谢你的讲解。"尼克对妈妈微微一笑说道，"通过对伊莉斯和埃米莉的 DNA 进行检测，我们发现，她们的祖源都是挪威西部和康沃尔郡。"

"伊莉斯的爸爸来自挪威西部城市卑尔根，妈妈是康沃尔人。"埃米莉说道，"我妈妈也是康沃尔人，我们一直都生活在这里。没有想到，我身上竟然还有挪威人的 DNA，你们就像是帮我打开了一扇通往过去的大门，这真是太有意义了！谢谢你们找到答案，证明了我们的亲缘关系，当然，我知道我们是有亲缘关系的，只是我们现在正需要找到这份证据，非常感谢你们。"

安娜贝尔和哈里紧紧地抱住了埃米莉。就在哈里弯下身子的时候，一个东西从他的口袋里掉了出来。那个东西在地板上一路向前滚，然后转了个圈，停在了埃米莉的脚边。她把它捡了起来。

"你是在哪儿找到它的？"埃米莉问道。

"这是我躲在秘密隧道里的时候从地上捡的，我完全把这件事给忘了。您觉得这是伊莉斯的幸运硬币吗？"

"是的，亲爱的，我觉得是。每次想到把它弄丢了的这件事，伊莉斯都会非常难过，这枚硬币对她有着极其特殊的意义。她觉得自己肯定是在隧道里把它弄丢的，还让我们去帮她找，可是我们谁也没有找到。"

埃米莉把硬币紧紧地攥在手里，长舒了一口气。

"她肯定会非常开心的，我们得把这枚硬币还给她。"她对安娜贝尔和哈里眨了眨眼睛说道。

***

埃米莉、华莱士一家还有米粒一起来到了伊莉斯的墓前，这座教堂边的坟墓俯瞰着海滩。妈妈说："我从警察那里得到了最新消息。他们从那些窃贼用来把赃物藏到井里的工具、井盖和珠宝上采集到了 DNA，和那三名嫌疑人的 DNA 完全匹配，从工具上采集到的指纹也和从图书馆借来的那本书上的指纹完全相同。他们还对嫌疑人的电脑和手机进行了搜查，发现他们正准备将那些珠宝高价卖掉。现在，警方已经掌握 DNA、指纹、电脑和手机证据，嫌疑人也已经被当场抓获。也就是说，这个案件证据确凿！三名嫌疑人被控盗窃沉船物品、藏匿赃物和意图销赃，应该会面临多年监禁，而这多亏了你们！警察对你们提供的帮助表示感谢！"

爸爸、妈妈、安娜贝尔和哈里紧紧地抱在了一起，米粒也想要加入进来。

"我已经决定将那些珠宝和那个吊坠全部捐赠给博物馆，"埃米莉开口说道，"这个故事太精彩了，我想让更多的人了解这个故事。好了，现在，我们还有一件重要的事情要做。"

哈里微微一笑，他和安娜贝尔一起在伊莉斯的墓碑前挖了一个小洞，小心翼翼地把那枚幸运硬币放了进去，然后把土重新填好。

埃米莉在洞口放上了一小盆玫瑰。"她非常喜欢这些花。"她微笑着说道。

这时，太阳从云彩后面探出了头，阳光下，海面上泛着粼粼波光。所有人都站在墓前，朝大海的方向望去，那就是"海伦娜"号沉没的地方，也是这个故事开始的地方。

"现在，空气中仿佛多了一丝欢乐和安宁，"安娜贝尔说，"我觉得伊莉斯已经得到安息。"

埃米莉露出了微笑，安娜贝尔注意到，她的脸颊滑过了一滴泪。现在，这个故事已经迎来最终的结局，而这一切，都要归功于"DNA 小侦探"的努力。这是一段充满欢乐的冒险经历，安娜贝尔希望可以在不远的将来再开启一段新的旅程，不过，她可能还需要再等上一段时间！

致谢

　　许多人都为这本书的出版提供了帮助，我想要在这里向他们表示感谢。首先，我要感谢我的孩子安娜贝尔和哈里，以及我们的小狗米粒，是他们为我提供了灵感，让我创造出了这本书中的角色。我清楚地知道他们在每一个场景中都会做出什么样的反应，因为我太了解他们了，而且他们的个性都是那么鲜明。我在这本书中还原了许多我们日常生活中的有趣场景，这样，我们之间的那些美好回忆就可以永远保持鲜活。

　　我要感谢我的丈夫乔纳森，他始终鼓励着我，支持着我。在我踏上远赴康沃尔郡的特别调研之旅时，他一直在家"坚守岗位"。我将永远对你所提供的帮助心存感激。

　　我要感谢我的妈妈，她在前往康沃尔郡的旅途中一直陪伴着我，看着我吃了一顿又一顿的下午茶，在我一

178

次次沉浸在灵感爆发的喜悦中时耐心倾听，给予我鼓励。感谢爸爸妈妈在我小的时候带我去康沃尔郡度假，那段经历正是这本书的主要灵感来源。

我还要感谢黛比、安特、艾丽斯、埃米莉、艾伦、弗吉尼娅、米里亚姆、克里斯、乔、埃薇、伊西、乔安娜、尼克、亚历克斯和彼得对这本书进行审读并提出宝贵意见。谢谢你们的热心帮助和暖心鼓励，你们都是我最亲爱的家人！

我要特别感谢杰米·马克斯韦尔为这本书绘制了出色的插图。简单讨论之后，他便抓住了这本书的精髓，构思出了封面和内文插图。杰米，我非常喜欢你的作品，谢谢你把故事内容活灵活现地呈现出来。

我要感谢剑桥维康桑格研究所的公众参与团队成员肯、史蒂夫、弗兰、埃米莉和贝姬，谢谢你们的鼓励、建议、支持，以及为这本书提供的网络帮助。

我要感谢牙买加旅馆的全体工作人员，谢谢你们悉心照顾我和妈妈，接待我们参观博物馆，让我真正见识到了劫船者们使用的工具，这为我提供了许多灵感，为这个故事增添了许多真实色彩。非常感谢你们做出的贡献。

我还要感谢我住在马利恩湾的朋友西蒙、朱丽叶、亨利和奥斯卡，以及我们在康沃尔之行中居住的小旅馆的老板雅基·瓦伦德。你们都对我们照顾有加，还借给我关于劫船者的图书，告诉我哪里能够找到最好的劫船海湾。我不会忘记你们提供的帮助。雅基，我还珍藏着那块幸运石！

书中实验室的原型是皇家德文郡和埃克塞特 NHS 基金会信托的遗传学研究所，我曾在那里担任副主任，从事遗传病研究。我非常喜欢在那里的工作，有幸可以和最棒的团队一起奋斗。书中领导的原型是我的好朋友、研究所主任沙恩·埃拉德教授。我想要对沙恩和所有在那里工作的朋友表示感谢，谢谢你们对这本书的支持和鼓励——把你们写进我的故事当中是我所能想到的最好的感谢方式！谢谢你们在德文郡对我的照顾，也谢谢你们请我吃的下午茶！

最后，我还要感谢所有参加我的 DNA 工作坊的亲朋好友，以及我在诸多学校、图书馆和家庭学习小组遇见的孩子们。在我向你们介绍这些作品的时候，你们展现出了极大的热情，给予了我莫大的鼓励，这对我来说意义非凡。你们中的许多人都对我说非常喜欢第一本书

（我真的很高兴听到你们这么说），还问我："什么时候会出第二本呢？我们要看第二本！"好了，你们不需要再等待了，现在，这本书终于可以和你们见面了！谢谢你们的支持，非常高兴能和你们大家分享这份对科学和阅读的热爱。